청진상륙작전

김정선 장편소설

*일러두기
이 작품은 故 최병해 중령의 파란만장한 생애를 재구성하여 각색한 소설이다. 주요
에피소드는 따님인 스페인 최효선 카타리나 수녀의 에세이와 최선화 데레사, 최진
호 아녜스 등 세 자매 증언과 자료를 바탕으로 작가의 상상력이 더해졌음을 밝힌다.

청진상륙작전

마드리드의 골때리는 그녀들

서교출판사

차
례

프롤로그

프롤로그

"아우님들 트롯대회에 나가신다구?"

"전 스페인 마드리드 봉쇄수도원 수녀와 스페인 왕립 마드리드 최고 음악원 출신 자매 듀엣! 네떼루가 좋대요, 다들. 여태 우리만 몰랐던 거지요. 언니 수녀니임~ 주교님께 전화 한 통 넣어주세요. 우리 결승 나갈 수 있게."

"이 사람들이 무슨 말을 하는 거야. 최미조! 최미동! 진짜 정신줄이 끊어진 거야? 나간 거야? 누구한테 무슨 전활 해?"

"호호호호… 언니 수녀님도 참. 우리 공주님이 농담한 거예요. 아직 정신 줄은 꽉 잡구 있으니까 진정하시구 잘 들어보세요. La final se retransmitirá en directo. Vamos a recorrer todo el país literalmente, sin ninguna edición.Esto significa que podemos encontrar la oportunidad de hablar sobre la vida de mi padre frente a toda la nación.Hohohohoho."(결승은 생방송이래요. 편집 하나 없이 우리가 하는 말 그대로 전국에 나가는 거라구요. 우리 아버님 유언을 전 국민 앞에서 생방송으로 말할 기회 잡을 수 있다는 얘기예요. 호호호호호)

방송사 대기실은 준결승 녹화를 위해 참가자들의 준비가 한창이다. 최미조와 최미동도 두 번의 예선을 거쳐 이 자리에 와 있다. 자기 손등에 메이크업 퍼프를 두드리며 피부 베이스 컬러를 맞추고 있던 분장스텝이 미조의 유창한 스페인어에 자기도 모르게 신기한 듯 쳐다본다. 이번 경연에 입을 무대 의상을 행거에 걸고 무표정한 얼굴로 최종 점검을 하던 송주헌과 이새봄의 표정은 자연스레 뿌듯한 미소로 바뀐다.

'이 타이밍에 그 반응이 정답이지, 나쁘지 않아!'

뭐 서로 말은 하지 않지만 두 사람의 미소는, 이런 비스무리한 의미다.

살아온 세월의 반을 스페인에 있었던 최미조, 최미동 자매의 스페인어 실력은 어쩌면 당연한 것이지만, 조용조용 나긋나긋 속삭이는 듯한 최미조 특유의 어투와 작고 고운 목소리를 듣다 보면 누구라도 저절로 귀를 기울이게 된다. 처음엔 놀라서, 나중엔 답답해 죽을 지경을 벗어나기 위해 최대한 집중 모드를 가동하게 만든다. 한국어도 마찬가지다.

주헌은 어깨에 미용보를 두른 채 통화하고 있는 지극히 평범해 보이는 미조, 미동 자매의 모습에 잠시나마 안심한다. 그러나 언제든 자신이 가늠할 수 없는 방법으로 그녀들의 평범한 일상조차 기어이 파괴해 버리고 마는 루치페르(Lucifer) 세력의 공격이 떠오르자 다시 초조해지기 시작한다. 정확히 말하면 지금은 자매뿐 아니라 자신과 이새봄, 민경민 작가 모두 그들의 타깃이 되었기 때문이다.

그럼에도 지난 1년간 자매는 자신들도 모르는 사이에 크게 밝아져 있다. 특히 미조의 지금과 같은 평범한 모습은 누구도 상상조차 할 수 없었다. 그러나 아직 완전한 건강상태는 아니다. 송주헌은 조금 전 동생 미동이 통화해 보라며 건네는 휴대전화를 선뜻 잡지 못하고 반사적으로 몸을 뒤로 빼며 멈칫하던 모습을 알아챘다.

결국 미조는 미동의 손에 들린 휴대전화에 겨우 상대편의 소리가 들릴 만큼만 다가서서 통화를 마칠 수 있었다. 언제 다시 자신을 덮쳐 올지 모르는 전자파 민감증 공포가 아직 남아 있는 탓이었다. 갑자기 스페인어로 말한 이유 역시 낯선 사람들에 대한 경계가 분명했다. 하지만 그런 미조의 얼굴에도 미소가 생겼다. 이것만으로도 얼마나 다행한 일인가.

두 사람을 도와 최종 리허설까지 인기스타급 서포터를 해주고 있는 사람은 송주헌 피디와 민경민, 이새봄 두 작가다. 이들은 물론 경연 프로그램 피디와 작가들이 아니다. 1년 전 두 자매를 처음 만나 '상상할 수도, 예측할 수도 없는' 일을 겪어온 시간들을 생각해 보면 어떤 모습으로든 이렇게 방송을 준비할 수 있는 것만으로도 감사한 일이다. 그야말로 파란만장하고도 스펙터클한 1년을 함께 했기 때문이다.

1부

이상한 제보자

마드리드의 골때리는 그녀들

이해를 돕기 위해 지금 이 상황을 첩보영화 속 비밀작전 수행 중이라고 설명해 두겠다. 다른 점이 있다면 영화 속 배우들은 촬영을 끝내고 현실로 돌아오면 끝이지만, 이들이 돌아갈 현실은 그와 다르다는 점이다. 다시 말해 적들의 추적과 공격이 언제 끝날지 몰라 불안과 공포에 떠는 일상이라는 뜻이다. 1년 365일 하루 24시간 1분 1초도 마음 놓지 못하고, 언제 어디서 어떻게 출몰할지 모르는 적들의 눈을 피해 먹고 자고 숨을 쉬어야 하고, 또 이렇게 트롯 경연대회에 출전해 결승전 진출이라는 작전을 성공적으로 끝내야 한다. 일상이 첩보영화 그 자체다.

최미조와 최미동 자매는 처음엔 선친 최병흠 중령의 유언대로 '청진상륙작전'을 세상에 알리고 진실을 규명하기 위해 방송사 문을 두드렸지만, 지금은 목숨을 지키기 위한 최후 수단으로 트롯 경연대회 참가를 택했다. 살아남아야 아버지의 유언도 지킬 수 있으니까.

2차 세계대전에서 연합군이 승기를 잡을 수 있도록 초석을 놓은 작전으로 노르망디 상륙작전이 있었다면, 한국전쟁에서 단번에 전세를 역전시키고 맥아더 장군을 대한민국의 영웅으로 각인시킨 인천상륙작전이 있었다. 그러나 이 역사적인 작전의 성공 뒤에 청진상륙작전이라는 기만작전이 있었다는 사실을 아는 사람은 많지 않다. 1950년 9월 13일 23시, 최병흠 중령이 이끄는 500명의 대원들은 함경북도 청진항에 상륙, 작전 수행 중 전원 산화했다는 기록은 모두 삭제되었기 때문이다.

지금 본선 진출권을 따내기 위해 뛰어든 자매와 그들의 지원군 세 사람은 70여 년 전 '청진상륙작전'을 누가, 도대체 왜, 어떤 방법으로 대한민국 역사에서 흔적도 없이 사라지게 만든 것인지 밝혀내기 위해 비밀 작전을 수행 중인 것이다. 반드시 최병흠 중령과 참전용사 500명의 명예를 되찾겠다는 일념 하나로 여기까지 왔다.

"다음 참가자는 특이한 이력의 두 자매입니다. 예선에서도 아주 반응이 뜨거웠는데요, 이 대회를 위해 저 멀리 마드리드에서 날아오셨다고 합니다. 언니 분은 스페인 왕립 마드리드 최고 음악원 출신 무르시아 가톨릭대학교 초빙교수셨고, 동생 분은 전 스페인 마드리드 봉쇄수도원! 우와 봉쇄수도원 수녀님이셨답니다. 동생 분은 예고에서 성악을 전공하셨고, 언니 분은 작곡을 전공하신 음악치료학 박사님이라고 들었는데, 트롯까지 맛깔나게 불러 주셔서 지금 너튜브 조회수가 어마어마하다고 하네요. 그럼 오늘은 어떤 곡을 불러 주실지, 노래부터 듣고 모셔보겠습니다. 스페인에서 날아온 자매 듀엣! '마드리드의 골때리는 그녀들'입니다!"

진행자의 멘트가 끝나자 무대에 화려한 조명이 밝혀졌다. 수십, 수백 개의 조명을 받으며 인이어(inear)를 끼고 카메라를 응시한 채 수도복을 입은 미조와 미동이 섰다. 미조도 우려했던 전자파 민감증도 떨쳐내고 우뚝 섰다. 영화 〈시스터 엑트〉의 시그니처 곡이나 다름없는 'I will follow him'으로 시작해 수도복을 벗어던지자 레드컬러의 스페인 전통의상이 화려하게 펼쳐지며 신나는 트롯 리듬이 펼쳐졌다. 흥이 오른 두 자매는 무대와 관객석을 휘어잡으며 음악과 하나가 되었다.

주헌은 바로 눈앞에서 보고 있으면서도 도무지 실감나지 않았다. 그녀들의 모습 위로 지난 1년 세월이 자동 편집되어 파노라마처럼 펼쳐지고 오버랩 되었다. 주마등 같은 것이 있다면 이런 느낌일까? 순간 주헌의 두 눈이 뜨거워졌다. 아무렇지 않은 척 두 손으로 마른세수를 하며 뜨거움을 삼켜 보았지만, '이것만으로도 됐다고, 그만 여기서 끝내자'는 또 다른 마음이 설움이 되어 솟구쳤다.

3개월 전, 막내 작가 새봄의 '트롯 경연대회 출전'이라는 발칙한 제안을 다 같이 수락했던 건, 강제 계약해지를 시작으로 연이어 자신들에게 닥친 납득할 수 없는 사건들 때문이었다. 처음에는 억울하고 화가 났지만 맞설수록 무력해졌고, 도망칠수록 더 깊은 모순과 절망 속에 갇혀 두려워지기 시작했다. 공포가 밀려왔다. 그제야 자신들도 모르는 사이에 내릴 수 없는 배에 태워진 신세라는 사실을 깨달았다. 어떻게든 배에서 무사히 함께 내릴 방법을 찾아내는 것뿐이었으며, 그 최선의 방법은 반드시 이 대회의 결승 진출권을 따내는 것이었다. 혼자서는 아무것도 할 수 없게 된 자들이 혹시나 하는 간절함으로 잡은 지푸라기? 혹은 세상 물정 모르는 일개 계약직 피디의 고육지책, 궁여지책, 마지노선 같은 것이라고 해 두자.

그녀들의 삶은, 굳이 음악에 비유하자면 대중가요보다는 클래식 그 가운데서도 교회음악이라 할 수 있겠지만 벼랑 끝에

선 자들의 선택은 대중가요 중에서도 트롯, 뽕짝이었다. 이 얼마나 기만작전에 딱 들어맞는 선택인가!

"안녕하세요, DBS 〈역사 미스터리 Q〉 관계자님"

최미조, 최미동 자매와 송주헌 피디의 인연은 시청자 게시판에 올라온 제보로 시작됐다. 1년 전 3월 어느 월요일 오후, 회의실에 들어서는 주헌을 보자마자 막내 이새봄 작가는 기다렸다는 듯 자리에서 일어나 반겼다.

"송 피디님, 혹시 우리 시청자 게시판 보셨어요?"

"아니. 왜? 쌈박한 아이템이라도 올라왔어?"

"그보다요 피디님, 이것 좀 보세요. 청진상륙작전 그거 진짠가 봐요. 보세요, 이번엔 보도자료까지 첨부해서 올렸다니까요."

팀의 막내 새봄은 시청자 게시판 사연을 출력해 놓고 기다렸다는 듯 주헌에게 내밀었다. 주헌이 자료들을 받아드는데 노트북 앞에 앉아 타이핑 중이던 민경민 작가가 한마디로 쐐기를 박았다.

"정확히 말하면 청진상륙작전은 아직 확인된 바 없지."

"출력하랄 땐 언제고 또 꾹꾹 밟아주시네…."

민 작가의 단호한 한 마디를 시니컬하게 받아친 새봄은 무표정하게 자기 자리로 가 앉았다. 주헌은 출력물을 대강 훑으며 경민을 바라보았다.

"메이저급 일간지들이 기사화할 정도면 뭔가 있긴 있는 것 같은데… 민 작가님 생각은요?"

"글쎄… 제보자 선친이 6.25 때 뭔가 굉장한 일을 하긴 하신 모양인데… 오늘 회의 때 논의해 보죠. 뭔가 있는 건 모르겠지만, 뭔가 없는 것 같지는 않으니까. 일단 그거부터 봐주세요, 어떤가."

"민 작가님이 회의 안건으로 올리자는 건 이미 억셉트하셨다는 건데… 청진상륙작전 사실 확인에 달렸다?"

"역시 대 조연출은 달라! 기록이 남아 있음 베스트구요. 간접 증언이라도 해 줄 수 있는 인물을 찾으면 굿이죠. 근데 그러기엔 세월이 너무 흘러서 참전했던 분들은 이미…."

"모를 일이죠. 백세 시대니까… 칠십, 팔십, 구십… 아, 그래도 관련자를 찾긴 어렵겠네…. 여러모로 쉽진 않겠는데요."

"제 말이 그 말입니다."

제보자는 최미조. 한국전쟁 당시 청진상륙작전을 지휘했던 최병흠 중령의 둘째딸이라고 밝히며 시작한 글이 시청자 게시판을 3년이나 떠돌다가 드디어 파란을 일으킬 날갯짓을 시작한 순간이었다. 얼마 전까지 미조의 제보는 번번이 작가들의 1

차 검증에 가로막혀 무산되고 말았었다. 사실 여부를 관련 기관에 확인하려고 시도했었지만 그때마다 '알 수 없음', '확인된 바 없음'이라는 결과만 통보받았기 때문이었다.

그러나 이번엔 좀 달랐다. 메이저급 일간지들이 기획취재로 다루었고, 이 모든 과정을 잘 알고 있는 민 작가가 오늘 아이템을 미팅 안건으로 논의해 볼 만하다고 했다는 것은 뭔가 있다는 얘기였다. 여기에 생각이 미치자 주헌은 갑자기 새로운 호기심이 발동하기 시작했다. 정독할 필요가 있었다.

새봄이 건네준 자료에는 〈역사 미스터리 Q〉 시청자 게시판에 올라온 사연과 함께 제보자 인터뷰가 실린 일간지 기사들, 가톨릭 서울대교구에서 발간된 월간지에 실린 '지상 인터뷰'까지 첨부돼 있었다. 그러나 발간지 성격에 따른 디테일한 세부 내용 몇을 제외하면 모두 시청자 게시판 내용과 핵심은 같았다. 국방부 주관 '한국전쟁 발발 70주년 기념 숨은 훈장 찾아주기 캠페인'에서 제보자의 선친 최병흠 중령에게 미 해군 사령부에서 '그 가치를 측정할 수 없는 공로'를 치하하며 동성 무공훈장(브론즈 스타상)을 수여했다는 내용이었다.

그러나 역시 그 어디에도 청진상륙작전을 확인했다는 기록은 없었다. 어디까지나 유족들의 증언이라는 설명과 함께 세 자매의 인터뷰 내용을 싣고 있을 뿐이었다. 만약 이 제보 내용이 프로그램으로 제작되려면 적어도 '청진상륙작전'에 대한

한 줄 기록이나 증언해 줄 관련자 인터뷰라도 있어야 한다는 사실만 확인시켜 줄 뿐이었다. 다시 말해 '그 가치를 측정할 수 없는 공로'가 바로 '청진상륙작전'이었다는 사실을 어떻게든 밝혀내야만 하는 것이었다.

제보자 역시 방송의 힘을 빌고자 글을 올렸을 터였다. 주헌은 문득 작가들 끼리 주고받던 말이 일리가 있다는 생각이 들었다. 아이템을 픽하지 않으면서도 작가들은, 거의 3년 가까이 끈질기게 올리는 의지를 보면 분명 모 아니면 도 아닐까 하는 기대감과 호기심, 제대로 터지면 숨은 애국지사 한 분을 발굴하는 쾌거를 올릴 수도 있을지 모를 일이라며 아쉬워했었다. 주헌은 첫 장을 펼쳤다.

"안녕하세요, DBS 〈역사 미스터리 Q〉 관계자님"

저는 6.25전쟁 국가유공자 최병흠 중령의 딸 최미조라고 합니다. 저는 세상에 알려지지 않은 비운의 전쟁 영웅이신 저희 아버님의 명예를 회복하고, 세상에 이 사실을 널리 알리고자 하는 간절한 마음에 글을 작성하여 봅니다.

1994년 아버지께서 임종 직전, 40여 년간 숨겨왔던 비밀을 저희 자식들에게 털어놓으셨습니다. 인천상륙작전, 그 작전의 성공을 위한 기만작전에 산화된 500인의 호국영령에 관한 경악스러운 고백이었습니다.

저희 아버지는 1950년 6월 25일 북한의 기습 남침으로 시작된 한국전쟁 때 해군 소령으로 참전하셨습니다. 그해 8월, 맥아더 장군은 인천 상륙에 앞서 상륙 지점과 그 시기를 숨기기 위해 다양한 방법을 사용했습니다. 실제 상륙지역은 인천이면서도 동해안의 원산, 청진, 삼척, 포항, 장사동 및 서해안의 진남포, 군산 등지에 상륙하는 것처럼 기만 작전을 수행한 것입니다.

인천상륙작전 며칠 전, 아버님과 한국군 최정예 부대 500인은 북한 제1의 군사 도시 청진의 관문 청진항에 상륙하는 '작전'을 감행하셨습니다. 그러나….

여기까지 읽다가 주헌은 문득 그동안 올렸던 제보와 별다를 것 없는, 아니 토씨 하나 다르지 않은 같은 내용인데 '오늘은 무엇이 15년차 빠꼼이 민경민 작가까지 흔들어 놓고 있는 것일까?' 갑자기 이 아이템을 회의 안건으로 올린 그 배경에 호기심이 발동했다. 첨부된 인터뷰 기사들 역시 특별한 내용은 없었다. 민 작가의 감이라고 하기엔 그것이 지금에 와서 갑자기 발동한 이유가 분명히 있을 거라는 생각이 들었다. '분명 뭔가 있는데… 뭐지?'

그때 시사교양국 박인호 국장이 책임PD 이탁경 차장과 함께 들어왔다. 작가들과 주헌은 엉거주춤 자리에서 일어났다. 박 국장은 손에 들고 있던 커피를 한 모금 마시고는 뜬금없는 한마디 툭 던졌다.

"송주헌이, 너 입봉하게 생겼다!"

국장 뒤에서 커피 캐리어를 들고 들어오던 이탁경 차장이 '입봉'이라는 느닷없는 소리에 표정이 싸늘해졌다. 캐리어를 받으러 일어나 탁경에게로 가던 주헌도 황당하기는 마찬가지였다. 제대로 듣지 못했는지 새봄과 B팀 작가들은 '별다방 커피다!' 하며 반겼다.

"마시면서들 해. 송주헌이 입봉 축하로 쏘는 거니까. 커피 취향은 내 맘대로 아아(아이스 아메리카노)로 통일했다."

박 국장의 너스레에 여기저기서 '어머 축하해요 송 피디님, 축하해 송 피디, 오 드디어 입봉' 저마다 한마디씩 영혼 없는 축하 인사를 던졌다.

"갑자기 무슨 입봉이요, 국장님?"

국장의 부연 설명만을 기다리며 주헌이 물었다.

"원래 기회는 갑자기 오는 거야."

"아이템은요, 어떤 아이템인데요, 국장님?"

"입봉하기 딱 좋은 아이템! 어, 벌써 들고들 있네!"

"네? 이거요? 청진, 이거? 갑자기?"

새봄은 말도 안 된다는 표정이었다.

"자세한 건 이 차장한테 들어. 내가 도울 일 있으면 언제든 얘기하고."

박 국장은 알 듯 모를 듯 궁금증만 남긴 채 회의실을 나갔다. 한 마디로 선임인 이탁경 차장에게 '빅엿'을 먹이고 떠난 셈이었다. 박 국장이 나가자 모두의 시선이 자연스레 이 차장에게로 향했다. 그 와중에도 민경민 작가는 별다른 동요 없이 커피만 마시고 있었다. 그러고 보니 기획안은 민 작가가 작성한 것 같았다. 글자 폰트와 형식이 눈에 익었다.

이탁경 차장은 자신에게 쏠린 시선이 성가시다는 듯, 별일 아니라는 듯 표정 관리에 애쓰고 있었지만 그럴수록 박인호에 대한 반감만 솟구칠 뿐이었다. 해당 프로그램 책임자이자 송주헌 피디의 직속 사수인 자신에게 일언반구 언질도 없이 투척된 아이템이라니. 그것도 직속 후배 피디의 입봉 아이템을 작가들 앞에서 이런 식으로 내리꽂는 경우는 참아서 안 되는 것이었다. 이번에도 민 작가는 분명 알고 있었을 것이라는 데 생각이 미치자 이탁경은 배신감에 화가 치밀었다.

"회의자료는 민 작가한테 다들 받았지?"

이탁경 식의 확인 사살이었다.

"다시 들어도 놀랍네요, 이게 송 피디님 입봉 아이템이라니!"

무심코 던진 새봄의 혼잣말 같은 대답에 역시나 차장은 꾹

눌러 참았던 화를 터뜨리고 말았다.

"그래. 그거라잖아. 어디 나도 좀 보자…, 그게 뭔지. 나 참
드러워서…. 프로그램은 해 본 적도 없는 인사를 CP로 앉혀 놓
으니 이 모양이지. 사장 라인 사장 라인 노랠 부르더니 대놓고
라인빨 세워보시겠다! 어디 한번 해 보시자구요, 노조빨이 쎈
가 사장빨이 쎈가? 야 송주헌이, 너한테 감정 없으니까 오해
는 말고. 나 지금 이 회의 못하겠다. 내가 아는 게 없어서 못하
겠다고. 이 아이템이 니 입봉작이라는 말 나도 조금 전에 들
었다. 그러니까 박 국장한테 가든 저기 민 작가한테 듣든 직접
듣고 와. 이 찍새 출신 피디는 그동안 공부 좀 하고 올게. 언제
까지 프로그램 책임 피디가 메인 작가보다 못한 취급을 받아
야 되는지 원, 찍새 출신은 이런 취급을 받아도 당연하다? 요
즘은 다 찍새 피디 아냐? 카메라 하나씩들 들고 다니잖아. 나,
참 드러워서."

이탁경 차장은 휴대전화로 시간을 확인하더니 한 시간 후,
4시에 다시 시작하자는 말만 남기고 회의실을 박차고 나가버
렸다. 찍새 출신 피디라는 딱지는 이탁경의 아킬레스건이었
다. DBS 외주업체 카메라맨에서 피디로, 다시 메이저급 방송
사 경력직 피디로 신분상승한 지 10년이 넘었건만 '외주업체
찍새 출신 피디'라는 꼬리표는 그와 다른 피디들을 구분 짓는
확실한 정체성인 양 떨어질 줄 모르고 따라붙었다.

"난 차장님 편! 이 정도면 입봉은 민 작가님이 하셔야 되는 거 아닌가? 이번에도 박 국장님이 민 작가 먼저 챙기셨네. 왕 작가님, 진짜 국장님이랑 그렇고 그런 사이예요?"

"야, 이새봄! 그만 해."

"뭘 그만 할까요? 민경민 작가님?"

"말 같지 않은 소리 그만 하라고."

"다들 들으셨죠? 말 같지 않은 소리라는 거. 그러니까 그만 들 하세요. 아, 니코틴 땡겨 디지겠네."

새봄의 갑작스러운 도발에 회의실은 마음 놓고 숨을 쉬기도 부담스러울 만큼 침묵이 흘렀다.

'쟤 혹시 민 작가 편?'

주헌은 두 사람 사이에 종종 감지되는 이 이상한 기류는 냉기가 아니라 열기가 아닐까 하는 생각이 들었다. 모두가 마음속으로만 품고 있는 생각을 화끈하게 돌직구로 날려버린 새봄의 한마디는 민 작가와 박 국장에 대한 근거 없는 추문을 잠재우지는 못했지만, 적어도 대놓고 쑤군대지 못 하게 하는 효과는 거뒀으니.

주헌도 자기 자리로 돌아왔다. 생각을 정리할 필요가 있었다. 민 작가에게 직접 물으면 정확한 사정을 알 수 있었겠지만, 조금 전 상황 때문에 어색하기도 했고 무엇보다 내키지 않았다. 직속 사수에 대한 의리라는 말로는 부족한, 이 상황에서

조차 아무런 설명을 하지 않는 민 작가가 불편했다. '말 같지 않은 소리'라는 말로는 언제부턴가 박 국장과 민 작가를 두고 떠도는 소문에 대한 의구심이 해소되지 않았다.

뭐 사실이라도 상관할 바 아니지만, 이상하게 그럴지도 모른다는 생각 쪽에 부등호가 쳐졌다. 방송사 3년 다니는 동안 들어 본 '남녀상렬지사'는 대부분 사실로 밝혀져서 웬만한 소문은 놀랍지도 않았다. 주헌은 박 국장과 통화하기 위해 내선 번호를 눌렀다. 국장은 기다리고 있었다는 듯 주헌을 불러 올렸다.

여기는 냉전시대

이탁경 차장과 박인호 국장의 기 싸움은 평사원과 경영진 사이에서 종종 벌어질 수 있는 일로 보이지만, 두 사람 면면을 알고 나면 언제든 터져버릴 시한폭탄이라는 사실을 누구나 인정할 수밖에 없었다.

근래 방송가에는 종합편성채널의 급성장과 함께 OTT(Over The Top) 콘텐츠 자본의 저변 확대라는 큰 변화의 물결이 휩쓸고 지나가며 DBS 내부에도 후폭풍이 일고 있었다. 창사 이래 50년간 '드라마제국'이라는 명성과 함께 시청률 1위를 굳건히 지키던 경쟁력은 바닥을 모르고 곤두박질쳤고, 한창 능력을 발휘할 입사 10년차 이상 유능한 인력들이 종합편성채

널로 스카우되거나 프리랜서를 선언하며 나갔다. 특히 제작부서의 타격이 컸다. 결과적으로 신입 피디와 실력에서 밀리던 동료들이 빈자리를 메웠고, 위로는 제작 경험이 전무한 타부서 부장급들이 보직을 꿰차고 호사를 누렸다. 그것도 부족해서 경력직으로 채워졌다.

자연스레 내부 직원들은 계약직과 정직원으로 갈렸고, 그들 사이에서조차 성골과 진골로 편가름이 되었다. 성골 노조를 중심으로 한 평사원과 대주주의 나팔수나 다름없는 사장을 위시한 경영진들의 대립구조로 날을 세우며 사사건건 갈등했다. 양쪽 모두 한 치의 양보도 없었다. 게다가 정권이 바뀔 때마다 휘둘리는 대주주 탓에 임원진 역시 대폭 물갈이되니 간부급들은 실질적인 업무는 뒷전이고 사내 정치에 여념이 없었다. 이를 바라보는 평사원들의 불신과 혐오는 커져만 갔다. 대립은 노사 갈등이라는 다소 상투적인 양상으로 표출됐지만, 실상은 훨씬 심각했다. 노조원과 비노조원 편 가르기는 기본, 누구 라인이냐에 따라 서로를 견제하며 심한 경우에는 인사조차 나누지 않는 경우도 허다했다. 더 웃긴 건 계약직은 이 유치하기 짝이 없는 싸움에 끼지도 못한다는 사실이었다.

시사교양국 〈역사 미스터리 Q〉 책임프로듀서를 맡고 있는 이탁경 차장은 강성 노조원이었다. 경력직으로 입사해 성골이 되지 못한 그는 '굴러들어온 돌'일 수밖에 없었고, 그런 그에게 그나마 힘이 될 수 있는 것은 노조뿐이었기에 본능적으로 강성이 되었다. 안 그래도 노조 입장에선 새 정권 들어 선임된 사장이 못마땅해 하나만 걸려들어라 하며 벼르고 있었는데, 박인호 국장은 사장 라인입네 하며 보란 듯이 빌미를 제공한 셈이었다.

'지들 싸움에 내가 왜 눈치를 봐?' 국장 방으로 향하던 주헌은 자기도 모르게 픽하고 실소를 터뜨렸다. 계약직이라? 웃기는 일이다. 솔직히 지금은 입봉 같은 것 크게 신경 쓰지 않는다. 입사 때부터 계약직이라고 은근히 무시하면서도 서로 자기편으로 끌어들이려고 어르고 달래고 겁주고. 정말이지 말을 안 해 그렇지, 양쪽 주접을 구경하는 재미가 쏠쏠했다. 어찌나들 나이값을 못하시는지 남들은 돈 주고도 못 볼 구경을 난 돈받고 보니 이런 구경은 회사 다니는 재미 중의 재미다. 계약직 3년차 피디, 현장에서 구르며 체득한 처세술이 있다. 상사의 질문에는 적절한 타이밍에 예스와 노코멘트를 잘 맞춰 사용하되 절대 노(no)를 말아야 한다는 것과 자신의 정치적 견해는 목구멍에 술이 들어와도 절대 밝히지 말아야 한다는 거였다. 이것만 잘 지키면 피곤한 인간관계에 엮여 괜한 스트레스는 안 받을 수 있다.

박 국장은 주헌을 반기며 만족스러운 표정으로 회의용 탁자로 가 앉았다.

"보자… 오늘이 3월 12일이니까… 석 달 조금 더 남았네. 이거 이번 6.25 특집 다큐 특별 편성으로 이미 오케이 떨어진 거니까. 이쁘게 한번 만들어 봐."

"네 알겠습니다. 그런데요, 국장님. 갑자기 이 아이템을 미시는 특별한 이유라도 있으십니까?"

"… 이봐. 자네. 송주헌이! 서울대 출신이라 똑똑한 줄 알았더니… 내가 사람을 잘못 봤나, 감이 이렇게 없어서야…"

"무슨 말씀이신지…"

"자네, 나 믿어 안 믿어?"

"무슨 말씀을 그렇게 서운하게 하세요. 당연히 믿죠, 국장님이신데요."

"그럼 됐어. 송 피디! 너 내 재산이 뭔 줄 알아? 정보력이랑 촉이야, 촉! 알짜정보랑 이 예리한 촉이 만나면 시너지가 장난이 아니거든. 내가 그 힘으로 여기까지 온 거야, 알지? 그러니까, 나 믿고 이~쁘게 한번 뽑아 봐. 누가 아냐, 입봉작이 출세작 될지. 계약직 꼬리표 얼른 떼야지, 안 그래?"

국장은 딱히 주헌의 대답 따위는 안중에 없다는 듯 자기가 하고 싶은 말만 했다. 무슨 말을 하려고 저렇게 영양가도 없는 밑밥을 깔아대실까, 뭐 이런 생각을 하며 본론이 나오기만 기다리던 주헌은 갑자기 빤히 응시하는 박 국장의 눈과 마주치자 자기도 모르게 아주 진지한 어투로 어이없는 대답을 하고 말았다.

"몰랐습니다."

"어? 어 뭐 그럴 수 있지, 그럴 수 있어. 이제라도 내 눈에 들었으니 넌 운이 트인 줄이나 알아. 괜히 사수랍시고 탁경이 따라다녀 봤자 노조 따까리밖에 더 하나? 지가 지금 어느 시대에 살고 있는 줄 모르고 아직도 이념 타령이나 하고 앉았으니, 볼 장 다 본 거지. 참, 송 피디! 보도국 김대찬 기자 알지?"

"알긴 알지만 잘 아는 사이 아닙니다."

"같은 과 선배라고 들은 것 같은데?"

"네, 그렇긴 한데 학번 차이가 많이 나서."

"여하튼 뭐 잘 됐네. 내가 조 맞춰 놨어. 보도국에서 먼저 기획취재로 둥 떠 주기로 돼 있으니까, 염려 말고. 꽤 취재가 된 모양이던데. 취재원 소스도 받고 하면 별 어려움 없을 거야. 곧 연락 갈 거야. 며칠 전에 보도국장이랑 한번 봤는데 기잔, 기자야. 촉이 굉장해."

"감사합니다, 국장님. 근데요…!"

"뭐? 얘기해 봐."

"이해가 잘 안 돼서요. 왜 이 아이템을 갑자기 제 입봉 아이템으로 미시는지 아직 말씀 안 해 주셨는데요."

"허허. 엠지세대 맞긴 맞네. 꼭 짚고 넘어가야 확 와 닿지? 그야 뭐 이유랄 게 있나… 밥상 차린 김에 밥도 떠먹여 달라는 소리로 들리는데… 그러지 뭐… 허허허허 요즘 친구들은 달라, 많이 달라."

박인호 국장은 서류봉투 하나를 내밀었다. 여기까지는 계획에 없었다는 듯 서랍에 따로 넣어두었던 봉투 하나를 주헌에게 건넸다. 아직은 누구와도 공유하지 말라는 당부와 함께. 그 속엔 모 국회의원실에서 나온 대외비 문건이 들어있었다.

주헌은 문건을 보는 순간, 박 국장의 의도를 단박에 알아 챌수 있었다. 아직은 누군지 모를 이 국회의원이 자신을 계약직에서 면하게 해줄 권력자임을 넌지시 알리며 은근히 압박하는 것이었다. 그렇다면 민 작가도 무슨 제안을 받은 걸까?

'대외비'는 오래 전 미국 국방성에서 보내온 짧은 문건으로 얼핏 보면 한국전쟁 참전용사의 업적을 치하하는 내용이었으나, 중요한 문장과 수혜자의 이름이 블랙 처리돼 있었다. 주헌은 직감적으로 그 대상이 최병흠 중령이라는 것을 알았다. 그렇다면 이번 다큐의 핵심은 지워진 문장을 찾는 것과 그걸 지워버린 사람을 찾는 일일 것이었다.

이탁경 차장이 돌아오고 회의가 시작됐다. 노조측에 얘기해봐도 뾰족한 수를 찾지 못했는지 내내 떨떠름한 표정이었다.

그러나 주헌은 온 신경이 대외비 문건에 가 있어 도통 집중할 수 없었다. 정규직에 마음이 없는 것은 아니었으나 이런 식은 아니라는 생각이 들자 술자리 게임에서 모두가 피하며 떠넘긴 폭탄을 떠안은 기분마저 들었다.

'아 씨… 누가 입봉시켜 달랬나! 하던 대로 지들끼리 싸우고 말지, 왜 나까지 끌어들이고 난리들이신지 짜증 그 자체네…!'

이 차장은 시종일관 전달자의 입장에서 얘기했다. 전에 없던 박 국장의 적극적인 개입이 그의 '갸쿠'(逆의 일본식 발음) 기실을 자극한 게 분명해 보였다.

"뭐 위에서 까라면 까는 거지 뾰족한 수 있나? 암튼 이번 주 안으로 구체적인 취재계획서 제출하라니까, 명심들 하시고. 송 피디는 베.테.랑 민 작가랑 새봄 작가랑 잘 한번 만들어 봐. 그리고 B팀은 레귤러에 신경들 더 쓰시고. 참 우리 베.테.랑 민 작가는 힘들겠지만 레귤러 아이템 회의에는 계속 참여해 주시고."

이 차장은 대놓고 민 작가의 반응을 기다렸다. 그러나 이번 에도 민 작가는, "네, 알겠습니다." 짧고 건조하게 대답할 뿐이었다. 이탁경의 입술이 미세하게 떨렸다.

'어이 어이 이 차장, 그 정도로는 민 작가가 반응조차 하지 않는다구! 그러니까 맨날 당하지.'

송 피디는 자신도 모르게 픽 웃고 말았다.

"송 피디는 이번 주 금요일까지 구체적인 취재기획서 작성해서 제출해."

"뭐라구?"

"취재기획서 제출하라시는데요, 차장님께서."

"아 네. 민 작가님이랑 새봄 작가랑 따로 회의 후 제출하겠습니다."

주헌은 짐짓 진지한 표정으로 답한 후 시선을 다이어리로 떨구고는 메모를 시작했다.

"오케이! 그럼 이제 우린 우리 갈 길 가 볼까!"

'우리'라는 말에서 주헌은 전에 없던 일종의 소외감까지 확 느껴졌다.

'기어이 나도 편 가르기에 낀 거란 말인가? 어어 절대 놉! 난 아무 편도 아니란 말이다, 절대! 난 아직도 일개 계약직 피디일 뿐이라구… 가진 자들의 경계심이란, 쳇…! 어림없는 소리. 난 그냥 나야.'

그 유치한 대립 구도에 편입된다는 생각만으로도 주헌은 팔뚝에 팔드름이 돋을 정도로 싫었다.

다큐팀에 회의실이 배정됐다. 처음으로 단독 프로그램의 책임피디가 된 송주헌의 기분은 묘하게 설렜다. 그러나 회의가 진행되는 동안에도 끊임없이 파고드는 복잡한 감정과 그것들의 꼬리를 물고 이어지는 의문을 떨칠 수 없었다.

'민 작가도 분명 비밀 문건에 대해 알고 있겠지? 아니야, 모르고도 기획안은 충분히 쓸 수 있지. 근데 그게 아니라면 어떻게 그 안건을 회의에 올린 거지? 그냥 박 국장이 시켜서? 그 국회의원이 누구길래 윗선에서 내려올 만큼 중요해진 걸까? 그 또한 민 작가는 알고, 이탁경 차장은 모른다는 건가?'

주헌은 자신도 모르게 민 작가를 보았다. 시선이 마주쳤다. 민 작가 역시 아무 동요도 하지 않았다. '메인 작가 자리를 10여 년간 지켜온 내공이 저런 것일까?' 주헌은 그래도 저런 작가와 함께 한다면 기본 이상은 할 수 있다는 생각에 안도했다. 처음으로 욕심이란 게 생겼다. 거기에 보도국과의 공조라는 점은 나쁘지 않은 일이라는 생각이 들었다. 담당이 나름 능력 있는 김대찬 기자라는 사실도 좋았다. 선후배 관계를 떠나 방송을 앞두고 뉴스에서 먼저 관심을 끌어준다면 시청률에 도움이 되면 됐지 해가 되지는 않을 테니까. 게다가 이제껏 세상에 알려지지 않은 국군 희생자에 관한 기록 아닌가.

주헌은 입봉을 앞두고 자신도 모르게 기대감이 차올랐다. '이 요망스런 이성과 감정의 불일치라니…' 갑자기 요동치는 자신의 심장소리에 스스로도 당황스러웠다. 때마침 바지 뒷주머니에서 요란하게 떨리는 휴대폰이 잔망스럽게 나대는 주헌의 심장을 진정시켜 주었다.

비로소 현실감을 되찾은 그는 민망함을 감추며 문자를 보았
다. 저녁이나 같이 하자는 김대찬 기자의 문자였다.

민 작가 VS 새봄 작가

"새봄 작가! 아직이야?"

"네에. 벌써 삼 일째예요. 전화를 안 받아요. 아침에도 낮에도 밤에도 받질 않아요. 문자에 답도 없고. 보세요, 아직 문자 확인도 안 했어요. 번호가 바뀌었나? 송 피디님 혹시 다른 연락처 없죠?"

"없어요. 일단 기다려보죠. 김대찬 기자도 그 번호로 통화했다니까 바뀐 것 같진 않고. 무슨 사정이 있겠지."

"이새봄! 해군 쪽엔 연락해 봤어?"

"아 아뇨, 아직."

"자료 요청부터 해도 되잖아. 연합뉴스나 평화방송 쪽은?"

"거기도 아직…이요. 제보자랑 연락부터 하려고…"

"언제까지 기다리기만 할래? 해군 쪽 자료 먼저 요청해 놓고, 제보자 기사 썼던 매체 기자들한테 팩트 체크부터 해봐. 또… 아니다, 일단 해군 쪽 공문부터 작성해서 가져와. 나머진 내가 할 테니까. 한두 번도 아니고 언제까지 일일이 시켜야 하지?"

"그래도 일일이 시켜 주세요, 작가님. 지난번처럼 시키지도 않은 짓 했다고 딴소리 하지 마시구요."

또 시작이다. 주헌은 이럴 때 제일 난처했다. 별일 아닌데도 민경민 작가는 유독 이새봄에게만 혹독하다고나 할까? 다른 후배들한테는 그냥 넘어가는 일도 막내 새봄에게는 그냥 지나치지 않았다. 이새봄도 마찬가지였다. 경력으로 보나 나이로 보나 대선배에다 메인 작가인 민경민에게 한마디도 지지 않았다. 처음부터 민 작가가 새봄을 탐탁지 않게 생각한 것은 사실이었지만, 한솥밥 먹은 지 6개월 정도면 친해질 만도 한데 유독 둘 사이에는 알 수 없는 냉기, 아니 필요 이상의 열기가 흘렀다. 까칠하고 엉뚱하긴 하지만 항상 밝고 붙임성 있는 이새봄 작가도 정작 메인 작가인 민경민에게는 쎄한 느낌이었다. 정확히 말하면 언제나 불만에 가득 찬 투였다. 사춘기 딸이 엄마한테 말끝마다 이유 없이 반항하는 것과 비슷하다고 할까? 특히 이번 다큐를 준비하면서는 완충 작용을 해주던 다른 작가들이 없어 그런 지 둘의 충돌은 더욱 눈에 뜨였다.

그보다 더 이해할 수 없는 사실은 민 작가도 새봄 작가도 정작 서로를 완전히 내치지 않는다는 점이었다. 이번 특집도 민 작가가 원하기만 한다면 얼마든지 김진영 작가나 박희진 작가로 바꿀 수 있었는데 오히려 그녀가 새봄을 합류시킨 느낌이었다. 이새봄도 거부하지 않고 받아들인 건 마찬가지였다. 그랬으면서도 사사건건 티격태격. 그새 미운 정부터 든 것이었을까?

'아 모르겠다. 끝까지 난 모를란다. 누 사람 이러는 게 어니 하루이틀 일이냐.'

"그런 얘긴 시키는 거라도 잘하고 해야 하는 거 아닌가? 자 여기. 이건 제보자 언니 되시는 분 이메일 주소니까 메모해 놓고. 인터뷰 질문부터 뽑아서 정리해 봐. 됐지?"

"네, 뭐."

민 작가의 완승이었다. 주헌은 그녀를 향해 슬쩍 엄지를 치켜들어 보이고는 작업실을 밖으로 나가는 새봄을 뒤따랐다. 한 대 피우러 옥상 구름정원으로 가는 것이 분명했다. '난 책임 피디니까 팀의 평화를 위해 이 정도는 기본이지! 흠하하하'

"새봄, 새봄 작가 같이 가자."

주헌이 밝은 투로 따라 나서는데, 민 작가의 멘트가 뒤통수에 날아와 꽂혔다.

"이새봄, 점심시간 전까지 끝내라."

"네에, 왕 작가님!"

그럴 줄 알았다는 듯 새봄은 뒤도 돌아보지 않고 '반사 멘트'를 날렸다. 새봄의 멘탈은 메인 작가 급이었다. 한 치도 밀리지 않았다.

'이 정도면 완충작용 따윈 필요 없겠는데…! 역시 난 복도 많단 말야. DBS 교양국 최고 멘탈 두 작가와 일을 하다니…'

주헌이 회의실 문을 막 나서는데, 새봄은 통화를 하며 다시 들어왔다. 제보자 최미조에게서 온 전화였다. 자기 자리로 돌아온 새봄은 인터뷰 약속을 잡으려 다이어리를 폈다. 세 사람은 하나가 되어 집중 모드에 돌입했다. 일정 조율이 잘 되지 않자 새봄은 휴대전화를 스피커폰 모드로 전환했다. 주헌이 간단하게 담당 피디임을 밝히고 통화를 이어갔다.

1차 인터뷰는 회사 안에서 하는 게 대부분이었지만 최미조는 명동성당을 고집했다. 이유를 묻는 주헌에게 자세한 건 만나서 말씀드리겠다는 대답만 되풀이했다. 어떤 부연 설명도 없었다. 주헌은 혹시 몸이 불편하시면 댁으로 찾아 뵙겠다고도 했으나, 그건 너무 폐를 끼치는 일이라 그럴 수 없다고 했다. 뭔가 사정이 있는 모양이긴 한데 말을 아끼는 눈치였다.

통화보다는 직접 만나서 얘기하는 게 좋겠다며 제보자는 서둘러 통화를 끝내려고만 했다.

그러나 미조의 어투는 상당히 느렸고 대화 중간의 텀이 다소 길었다. 게다가 차분하고 조용한 목소리는 상대를 집중하게 하는 힘이 있었다. 미조의 말마디와 마디 사이가 너무 길어 주헌은 답답했다. 하지만 동시에 예사롭지 않은 느낌도 들었다. 뭔가 대단한 사연이 있을 것만 같았다. 약속 장소와 시간을 정하는 몇 마디 통화에 10분 남짓한 시간이 흘렀다. 이틀 후 오후 2시 명동성당 옆 가톨릭회관에서 만나기로 했다. 왠지 굉장한 양심선언이라도 앞둔 듯 비장해지는 기분이었다.

이상한 제보자 최미조

약속한 시간보다 30분이나 지났는데 제보자는 나타나지 않았다. 일찍 도착해 카메라 세팅까지 마쳤으니 2시간 가까이 기다린 셈이었다. 휴대전화도 받지 않았다. 늦으면 늦는다고 문자라도 남기지… 답답한 노릇이었다.

무작정 기다리는 수밖에 별 도리가 없었다. 주헌은 답답함을 달래려 건물 밖으로 나갔다. 구석으로 가 담배 한 대를 물었다. 무책임하게 약속을 저버릴 사람들은 아닐 거라는 확신은 있었으나, 이렇게 연락두절 상태가 되는 건 문제였다. 습관적으로 몇 모금 빨아들였지만 아무 맛도 느껴지지 않았다.

'나 지금 떨고 있나?'

몇 모금 빨다가 얼른 끄고 건물 안으로 들어가는데 사람들이 흘깃거리며 수군거리는 소리가 들렸다.

바퀴달린 장바구니를 끌고 은박으로 된 돗자리 같은 것을 외투처럼 둘러쓴 짙은 선글라스의 노파들이 보였다. 사람들의 눈길을 끌기에 안성맞춤인 차림이었다. 게다가 한 사람이 아니라 두 사람. 주헌은 불현듯 혹시 자기가 나와 있는 사이에 제보자가 도착했을 지도 모른다는 생각에 마음이 급해졌다. 엘리베이터 앞에는 사람들이 너무 많았다. 비상구 계단을 뛰다시피 올랐다. 금세 숨이 찼다.

'아니 내가 왜 뛰고 있는 거지?'

주헌은 거친 숨을 다스리며 비상구 앞에 잠시 멈췄다. 두어 번 심호흡을 한 뒤 문을 열었다. '헐' 조금 전 일층에서 보았던 '뭔가 굉장한 사연이 있어 보였던 두 노파'가 스텝들이 기다리고 있는 그곳, 자신이 가야할 그곳으로 들어가고 있는 게 보였다.

믿기지 않은 그 짧은 순간, 반은 맞고 반은 틀렸지만 생생히 살아있는 자신의 촉에 감탄하며 주헌은 짐작조차 못했던 제보자의 모습에 무한 상상을 더하며 따라 들어갔다. 노파라고 하기엔 아직 이른 나이였지만, 염색을 하지 않은 백발과 느린 걸음걸이는 분명 두 중년을 한참 더 늙어보이게 했다.

"저… 늦어서 죄송합니다. DBS에서 오신 분들이시죠?"

이 말투, 제보자가 틀림없었다.

"틀림없어요. 카메라에 DBS 써 있잖아요."

"호호호 그러네요. 맞아요, 공주님."

약속시간보다 늦었음에도 천진난만하고 평온해 보이는 두 사람과는 달리 이들의 특이한 차림에 놀란 촬영팀 스텝과 민경민, 이새봄 등은 말문을 열지 못하고 당황해 했다.

주헌이 나섰다.

"제보해 주신 최미조 선생님?"

"네네 제가 아버님 청진상륙작전을 제보한 최미조 맞습니다. 늦어서 죄송해요, 송주헌 피디님이시죠?"

"네, 제가 지난번 전화로 인사드렸던 DBS 송주헌 피디입니다. 우선 이쪽으로 앉으시죠."

"보시다시피 제가 몸이 좀 불편해서 차림이 좀 그러네요. 이렇게라도 하지 않으면 아파서 견딜 수가 없거든요. 이상해 보이실 거예요?"

미조는 무안한 듯 미소 지었다.

"저 피디님. 죄송한데 조명이랑 좀 꺼주세요. 우리 언니님이 몸이 몹시 아파서요."

"조명 때문에요? 조명을 끄면 영상이 너무 어두워서… 네, 끄겠습니다. 잠시만요."

"아니예요, 공주님. 괜찮아요. 이 옷이랑 선글라스랑 만반의 준비를 했잖아요."

'언니님, 공주님 서로를 지칭하는 호칭도 그렇고 조명 때문에 몸이 아프다고?'

주헌도 흔들리기 시작했다.

'이 다큐 이대로 진행할 수 있는 건가? 이게 내 입봉작이 될 수 있다고? 6.25 특집 다큐멘터린데 제보자가 상태가…'

"아 혹시 지난 번 말씀하셨던 전자파 민감증 탓이신가요?"

민 작가가 인터뷰의 포문을 연 셈이었다.

'아, 그렇지 전자파 민감증을 앓고 있다고 그랬었지…. 근데 저 은박돗자리 같은 것은 전자파를 막아준다는 특수원단?'

민 작가의 침착한 어조에 새봄도 주헌도 멘탈을 다 잡고 준비해온 질문을 던지며 인터뷰를 이어갔지만, 상식을 뛰어넘는 자매의 증언과 행동은 촬영팀을 계속해서 당황하게 했다.

"네, 맞습니다. 조명도 그렇고 저들이 휴대폰으로 전자파를 막 쏴 대서 휴대폰을 켜 둘 수가 없어요. 도청 때문에 제대로 쓰지도 못하지만요."

"하, 그러니까 연락이 안 되지."

인터뷰 내용을 타이핑하던 새봄이 저도 모르게 중얼거렸다.

"저들? 도청이요?"

"네 피디님. 저희는 휴대폰도 문자도 맘 놓고 쓰질 못해요. 문자랑 이메일도 해킹당하고 있구요."

"누가 해킹을 하고 도청을 하고 있는 있다는 겁니까?"

"당연히 우리 아버님 업적이 밝혀지는 걸 원치 않는 세력이 겠죠. 그들과 담합한 공무원들이랑요."

지금 목소리로만 보면 완전히 다른 사람이었다. 조용하고 나긋나긋하고 여유롭기까지 한 어조는 금세 분노와 적대감에 격앙돼 떨리고 있었다.

"벌써 70년도 지난 일이고 관련자들은 이미 작고하셨을 텐데 담합이라뇨?"

"그게 그렇지가 않습니다."

"그렇지가 않다니… 구체적으로 말씀해 주시겠습니까?"

"저기 피디님, 여기도 도청당하고 있을지 모르니 목소리 좀 낮춰 주세요."

"네? 도청을 당한다구요?"

"충분히 그럴 수 있는 사람들이에요."

최미동의 대답에 새봄의 노트북 자판 두드리는 소리마저 뚝 멈췄다. 새봄은 저런 말들을 어디까지 믿어야 하냐는 표정으로 제보자 쪽을 보다가 동의를 구하듯 송 피디와 민 작가를 보았다. 그러나 아무렇지 않게 인터뷰를 이어나가는 두 사람의 태도에 어쩔 수 없이 자판을 다시 두드리기 시작했다.

'도대체 무슨 헛소리를 저렇게 진지하게 하시는 겨? 21세기 대한민국에서 그런 일이 어떻게 가능하지?'

새봄의 목소리가 들리는 듯했다.

"참, 여기. 궁금해 하시는 것들이 다 들어있습니다. 이걸 보시면 아마 저희를 이해하실 수 있을 거예요."

미조는 미동 앞에 놓인 장바구니 캐리어를 가리키며 말했다.

"그래도 일단은 말씀을 해주셔야 됩니다. TV 프로그램이라서요. 영상이 있어야 하거든요. 원치 않으시면 두 분 모습은 모자이크 처리 가능합니다."

"아니오. 그런 건 상관없습니다. 다 말씀드릴게요."

들을수록 믿기지 않는 '엄청난 사연'의 연속이었다. 주헌은 확신이 생겼다. 자신은 분명 대피디가 될 가능성이 충분한 예지력 짱인 '촉'을 가진 게 틀림없다는 확신. 조금 전 건물 입구에서 첫눈에 뭔가 굉장한 사연이 있어 보였음을 간파하지 않았던가 말이다.

'그런데 이건 굉장해도 너무 굉장하잖아!'

그렇다고 한 프로그램을 책임진 피디로서 흔들리고 있는 속마음을 그대로 드러낼 수는 없었다. 아니 드러내지 말아야 하는 것이다.

"그럼 먼저 선친 최병흠 중령님께서 참전하셨던 청진상륙작전에 대해서 설명을 좀 해주시겠어요?"

"네, 저희 아버님께서는 맥아더 사령부의 유일한 동양인이

자 한국인이셨답니다. 해군 소령으로 참전하셨는데, 상륙지
점은 함경북도 청진이었다고 하셨어요. 인천상륙작전 이틀
전…."

청진상륙작전

1950년 9월 13일 20시30분 함경북도 청진항.

해군 소령 최병흠과 오백 명은 미주리 함을 타고 일몰을 기해 청진항에 도착했다. 비밀리에 투입된 대원들은 같은 날 24시 정각 함대의 함포소리를 신호로 작전을 개시할 예정이었다. 두 개 중대 20개 소대로 편성된 대원들은 위장 상태로 잠입, 사격이 개시될 때까지 대기하다가 빠르게 교두보를 확보해야만 했다.

교두보가 확보되면 청진항을 거쳐 소대별로 흩어져 청진 곳곳의 주요 시설을 파괴하고 보급로를 차단, 낙동강 전선에 집중된 적의 화력을 청진으로 끌어올려 전세를 역전시키는 것이 임무였다. 조국의 운명이 걸린 중요한 작전이었다.

청진은 소련에서 들여오는 적 화력의 보급로이자 북의 군사학교와 제철소, 무기 공장 등 군사시설 집결지였기 때문에 상륙지점으로 선택됐다. 최병흠 소령은 맥아더 사령부의 탁월한 작전이라고 생각했다. 성공한다면 인민군의 화력을 분산시키는 것은 물론 한동안 적의 기세를 약화시키기에 충분할 것이었다. 오백 명의 대원들은 짧은 기간이었지만 특수훈련을 받은 요원들이었다. 교두보만 확보된다면 그 이후는 문제없이 진행될 터였다. 작전 성공을 위해서는 함대의 엄호가 절대 중요했다.

초가을인데도 자정이 가까워지자 남쪽과는 비교도 되지 않는 서늘함이 엄습해 왔다. 한낮의 습한 기운까지 남아 냉기는 뼛속까지 전해졌다. 하지만 더 두려운 것은 작전을 개시하기도 전에 발각되는 일이었다. 온몸의 촉각을 곤두세우며 자정이 되기만 기다렸다. 작전 개시 10분 전, 최병흠 소령과 분대장과 소대장들은 미주리 함의 함포 소리가 울리기를 기다렸다.

어찌된 일인지 자정이 훌쩍 지나도 함포소리는 들리지 않았다. 통신도 두절이었다. 게다가 무슨 이유에선지 함정은 방향을 틀어 남으로 항진하기 시작했다. 속은 것인가? 지휘관인 자신까지도 감쪽같이 속인 기만이란 말인가?

어떻게든 살아남아야 했다. 하지만 적지 한 가운데에서 아무런 지원도 없이 탈출하는 게 불가능하다는 것을 병흠은 잘 알고 있었다. 선택은 단 하나, 최선을 다해 임무를 완수하고 조국을 위해 군인답게 죽는 것이었다. 상황은 너무 가혹했다. 병흠은 상륙작전의 요지로 최상의 위치라고 굳게 믿었던 탓에 다른 변수를 놓친 자신이 원망스러웠다. 맥아더 사령부가 거론한 다른 상륙지들, 그 중에서도 특히 인천은 이미 세계 주요 언론에까지 소문이 나 있었다. 때문에 다른 곳에 비해 위험 요소가 적은 청진으로 결정된 줄 믿었다.

'아! 인천은 절대 아닐 거라고 믿는 이 지점을 노렸을 수도 있었겠구나'.

뒤늦은 깨달음에 가슴을 쳤다.

그러나 이것은 아니었다. 적지에 오백 명의 대원들을 짐 부리 듯 던져두고 연락까지 끊고 퇴각이라니…. 있어서는 안 되는 일이 벌어진 것이었다. 지휘관에게 언질이라도 줬어야지. 자신이 한국인이라 신뢰하지 못했단 말인가? 꽃 같은 오백 명의 목숨을 이렇게 쉽게 버리다니, 일어나서는 안 되는 일이었다.

그러고 보니 모두 한국군이었다. 이대로는 제대로 싸워보지도 못하고 죽는 건 불 보듯 뻔했다. 시간이 없었다. 죽을 때 죽더라도 이렇게 손 놓고 당할 수만은 없었다. 적의 조명탄이 터지기 전에, 어서 교두보를 확보하고 일단 서쪽 천마산으로 숨어들어야 했다. 특수임무를 수행하며 목숨을 걸지 않은 적은 없었으나, 정말 화가 치밀었다.

그 순간 믿을 수 없는 일이 눈앞에 펼쳐졌다. 예정에 없던 미 공군 B29 편대가 어둠을 뚫고 날아왔다. 안도하는 대원들과는 달리 병흠에게는 왠지 모를 불안과 공포가 엄습해 왔다. 오늘 작전에 공군기 출현은 없었다. 비행음을 숨길 수 없는 공군기를 쓴다는 것은 이미 기습 작전이 아닌 것이었다. 뭔가 잘못된 것이 분명하다고 생각했다.

공군기 편대가 지나갈 때마다 갑자기 차가운 빗방울이 쏟아지기 시작했다. 구름 하나 없는 초승달 아래로 비가 내리다니…. 최악이었다. 그렇다면 비가 아니었다. 그대로 맞고 있어선 안 되었다. 병흠은 병사들에게 숨을 것을 명령했다.

순간 적의 조명탄이 터졌다. 믿기지 않는 일은 또 일어났다. 당연히 적의 공격에 맞서야 할 B29 편대는 남하하기 시작했다. 전멸은 시간문제였다. 어차피 죽은 목숨이라지만 적에게 네이팜탄이라도 떨어뜨려 주면 좋으련만…. 편대가 사라지자 위협적으로 살갗을 때리던 비도 그쳤다. 대신 적의 무차별 공격이 시작됐다. 귓전을 때리는 따발총소리. 비명소리. 죽어가는 대원들의 피로 순식간에 땅바닥이 흥건해졌다.

"아… 저… 씨… 살려… 살려 주시라요…."

어디서 나타난 것일까? 예닐곱 살쯤 돼 보이는 아사 직전의 어린아이가 말을 채 마치지 못하고 병흠 앞에 쓰러졌다. 다급한 병흠은 아이를 안고 무작정 달렸다. 다시 적의 조명탄이 터졌다. 그 속에서 웃고 있는 얼굴. 그때 그 섬에서 만난 루치페르였다!.

시간이 멈춘 듯 꽤 오래도록 루치페르는 병흠을 보며 웃고 있었다. 낮은 음악소리가 들렸다. 병흠은 눈앞에서 벌어지는 이 비현실적인 순간을 인정할 수 없었다. 본능적으로 정신을 다잡으려 애썼다. 놀랄 정도로 나약해진 자신에 당황하며 경계했다.

'이렇게도 미욱하고 나약할 수 있을까. 절체절명의 순간 환상 따위에 현혹되다니….'

그러나 다시 봐도 분명 루치페르가 맞았다. 유유히 어둠 속으로 사라져버린 그 얼굴! 루치페르가 사라지자 격전의 시작을 알리듯 다시 빗방울이 후두둑 떨어지기 시작했다. 어디서 날아오는지 알 수 없는 포탄과 탄환 앞에 무방비로 노출된 오백 명의 요원들은 피땀 흘려 연마한 전술 따윈 써보지도 못하고 쓰러져 갔다.

각개 전투였다. 달리 방법이 없었다. 그런데 이상한 일이었다. 몸이 움직여 주지 않았다. 루치페르의 심령술에 조종이라도 당한 듯 몸은 점점 굳어져가는 듯했다. 아이를 안고 무엇에 홀린 듯 그 자리에 서 있는 병흠을 누군가 "대대장님!" 부르며 방파제 뒤로 밀치며 쓰러졌다.

중대장 김귀남 소위였다. 그제야 정신이 든 병흠은 아이부터 살폈다. 축 쳐진 아이 등 뒤로 피가 흥건했다. 이렇게 죽는 것인가. 머릿속이 하얘지는데 '철퍼덕' 맥없이 갯바닥에 무언가 부딪치는 둔탁한 소리. 병흠은 등 쪽으로 밀려드는 한기를 느끼고서야 그 피가 중대장 김 소위의 것이라는 걸 알았다.

'이를 어쩌면 좋은가.'

김 소위는 내장을 쏟아내고 고통스러운 숨을 몰아쉬고 있었다. 간절한 마음으로 성호를 긋는 자신의 기도가 그토록 무력하게 느껴질 수 없었다. 그 순간 기도에 응답이라도 하듯 멀리서 굉음과 함께 밝은 빛이 병흠을 향해 내리 꽂혔다. 헬기 한 대가 그를 향해 날아오고 있었다.

"미스터 최, 어서 타시오. 당신을 데려오라는 상부의 명령이오."(영어)

"당신 눈엔 부상병이 안 보이오? 시간이 없소. 지금 치료받지 못하면 이 사람은 죽는단 말이오!"(영어)

"유감이지만 난 명령대로 움직일 뿐이오. 이 헬기엔 당신만 태울 수 있소."(영어)

"아니, 난 내 부하들과 같이 죽겠소. 나 혼잔 절대 못 갑니

다."(영어)

"대대장님… 어서 가세요… 저희… 죽음을 세상에 알려주셔야 합니다… 대대장님이 살아 남으셔야 할 수 있습니다. 제발요… 마지막 부탁입니다."

김귀남 소위는 꺼져가는 마지막 숨을 모아 부탁했다. 자기들의 한을 꼭 풀어달라며 손을 뻗었다. 병흠이 그의 손을 잡았을 때 무언가 있었다. 얼마나 꼭 쥐고 있었던지 따뜻했다. 금속성의 납작하고 둥근 무엇. 생의 마지막 순간 김 소위의 간절한 눈빛. 최 소령은 자신의 손 안에 그가 전하려는 무언가 중요한 메시지가 있음을 직감했으나, 바로 펼칠 수는 없었다. 결국 병흠은 헬기에 올랐다. 김 소위의 목숨으로 구해낸 그 어린 아이를 데려가는 조건을 걸고.

최미조의 얼굴은 어느새 하얗게 질려 있었다. 마지막 순간까지도 혼자 살아남았다는 죄책감에서 벗어나지 못한 채 그 이야기를 전하던 자신의 아버지, 최병흠 중령의 모습을 떠올렸으리라.

주헌과 두 작가는 누가 먼저랄 것도 없이 아이만 찾을 수 있다면 다큐멘터리는 성공이라고 생각했다. 살아 있다면 80대. 충분히 증언할 수 있는 나이였다. 그러나 제보자는 아이의 이름도 나이도 이후 행적도 아무것도 아는 바가 없다고 했다. 허탈했다.

이 모든 게 사실이라면 1950년 9월 13일 청진에서 산화한 오백 명의 대원들에게는 그야말로 가치를 측정할 수 없는 공적이 있는 것이고, 이를 역사 속에 묻어 버리려는 자들이 있다면 그건 분명 특별한 음모였다. 그렇지 않고서야 70년도 넘은 지금까지 유족을 도청하는 일 따위는 일어날 수 없었다.

그렇다 해도 제보자 신변에 일어나고 있다는 '이상한 일들'은 선뜻 받아들이기 힘들었다. 최미조는 휴대폰과 노트북 해킹은 기본이고 도청에다 살고 있는 아파트 환풍구로는 유해가스가 살포돼 건강도 악화됐다고 주장했다. 때문에 생명의 위협까지 느껴 안전한 거처를 물색 중이라고 했다. 이쯤 되자 새봄 작가는 물론 민 작가도 카메라 감독도 촬영스텝들도 모두 '요즘 세상에 도대체 그게 말이나 되는 소리냐'는 의구심을 감추느라 각자의 침묵 속으로 깊고 깊게 숨어들었다.

또 하나의 이상한 제보자

"자 물이라도 좀 들고 말씀들 나누세요. 제가 드릴게요."

밝은 목소리로 최미동이 무거운 침묵을 깨뜨리며 일어났다.

"괜찮아요, 공주님. 얘기 다 끝나고요. 다 끝나고 마셔요, 우리."

"아니에요, 언니님. 우리 할 얘기가 많잖아요. 물도 좀 마시고 쉬면서 해야지요. 제가 다 준비해 왔잖아요. 여기 다 있으니까 걱정하지 마세요."

"그게 아니라, 저기 공주님… 하아."

미동은 끌고 온 캐리어에서 보온병과 세트로 보이는 플라스틱 컵들을 주섬주섬 꺼내기 시작했다.

"제가 다녀오겠습니다!"

안 그래도 인터뷰 내내 불편한 기색이 역력했던 새봄이 탈출할 기회를 잡았다는 듯 카페에 다녀오겠다며 일어났다. 주헌은 두 시간이 지났으니 화장실도 좀 다녀오고 잠깐 쉬었다 가자며 커피로 통일해도 되겠냐고 물었다. 제보자들은 극구 사양했다. 새봄이 그럼 차 종류는 어떠시냐고 물었지만, 미동은 아랑곳 하지 않고 건강하려면 잘 마셔야 한다며 컵마다 물을 따르기 시작했다. 미조는 더는 사양도 못하고 머뭇거리며 무안한 듯 웃기만 했다. 새봄 역시 알아서 사다드리겠다는 듯 어색하게 웃으며 밖으로 나갔다.

"우리는 지구를 보호해야 돼요. 그것이 하느님의 뜻이에요. 그러니까 일회용품을 자꾸 쓰면 안 되는 거예요."

"하하하 아이 아니에요, 공주님. 필요할 때는 써도 돼요. 괜찮아요."

"아니요. 우리가 노력해야 하는 거예요. 피디님, 피디님도 일회용품 너무 많이 쓰시면 안 돼요. 아시겠죠? 호호호 제가 성인 ADHD라 그래요. 이해해 주세요."

"아이 공주님. 그러지 마세요. 그런 거 아니잖아요."

'이 제보자 이모님들의 이율배반적인 해맑음은 뭐지?'

주헌은 혼란스러웠다. 두 제보자를 보면 볼수록, 사연을 들으면 들을수록 이 정도면 역사 다큐가 아니라 '세상에 이런 일이'나 '그것이 알고 싶다', '실화탐사대'에서 다뤄야 할 내용 같았다.

"저 물 한 잔만 주세요, 수녀님."

민 작가의 요청에 최미동은 컵에 따라놓은 물을 얼른 건넸다. 자신이 직접 끓인 보리차라 몸에 좋을 거라는 말과 함께. 미동이 스페인 봉쇄수녀원에서 29년을 보낸 수녀라는 사실은 스텝들 모두 알고 있었지만, 엄밀히 말해 지금은 그 신분이 아니었다. 그런데 민 작가의 '수녀님' 소리는 참 존중어리고 정겹게 들렸다.

'이런 게 가톨릭 신자들만이 느낄 수 있는 일종의 라포(rapport)같은 거로군! 역시 민 작가는 나보다 한 수 위다.' 그제야 주헌의 눈에 민 작가가 왼손 검지에 끼고 있던 묵주 반지가 들어왔다. 묵주 반지와 민 작가를 따라다니는 추문이 충돌하는 순간이었다.

푸우우…. 스모키한 멜론향에 머리가 핑 돌았다. 새봄은 하늘을 향해 연기를 내뿜으며 건물 옆 흡연 존에 서 있었다. 아이스 아메리카노 6잔과 캐모마일 2잔을 주문해 놓고 밖으로 나왔다. 다시 전자담배를 길게 빨아 들여 더욱 길게 내뿜었다. 숨통이 트이는 느낌이었다. 제보자들은 인터뷰가 아니라

진료가 시급해 보였다. 아무리 '까칠하고 돌직구를 장착한 럭비공 같은 새끼 작가'라지만 병원부터 가서야 되겠다는 말은 차마 내뱉지 못했다. 그러나 제보자들은 피해망상에 가까워 보였다.

'도대체 무슨 일들을 겪었길래 저 지경이 된 걸까? 아니, 설마 그 모든 게 사실이라고? 송 피디와 민 작가는 그녀들의 말에 백퍼 공감을 하는 걸까? 아니면 내가 모르는 중요 단서를 두 사람만이 공유하고 있는 까닭에 다 수긍이 되는 것일까?'

새봄은 그 터무니없는 사연을 계속 듣고 있을 자신이 없어졌다. 혀끝에서 계속 맴돌고 있는 '병원부터 가시자'는 말을 꼭 해버리고 말 것 같았다. 새봄은 마음을 다잡듯 힘껏 전자담배를 빨아들였다. 멜론향의 타격감이 기분 좋게 느껴졌다. 현기증이 가시자 수녀원에 들어가고 싶었다는 유일한 피붙이, 보기 싫지만 매일 볼 수밖에 없는 '엄마'라는 여자의 얼굴이 떠올랐다.

두 제보자의 인터뷰 내용을 어디까지 신뢰하고 받아들여야 할지 민 작가 역시 난감하긴 마찬가지였지만, 전화 인터뷰와 박 국장이 건네준 비밀문서 한 장으로 짐작한 사건 그 이상인 건 분명했다. 민 작가는 이미 두 자매가 털어놓은 사연에 빠져들고 있음을 느꼈다. 그녀들의 선친, 사제가 되고자 했던 전쟁 영웅 최병흠이라는 인물도 흥미로웠지만, 인터뷰 때부터 부모님 재혼 후 낳은 세 딸들 모두 수도원 생활을 했다는 개인적인 사연에 더 끌렸던 게 사실이었다. 다른 것이 있다면 낭만적 비극을 그렸던 상상 속 스토리와는 달리 들을수록 스펙터클한 장르물에 가깝다는 사실 정도였다.

어쩌면 자신의 검지에 끼워진 묵주반지와 같은 삶을 상상해서였는지 모른다. 하긴 따지고 보면 '낭만적'이라는 말을 붙이기엔 묵주반지와 함께 시작돼 20여년 넘게 이어지고 있는 세월은 너무나 고되고 외롭고 견디기 버거운 게 현실이었다. 모두들 자신을 독실한 가톨릭신자로 알고 있었지만 애써 부정하지 않았다. 독실한 것은 아니지만 가톨릭에서 세례를 받은 신자인 건 분명하기 때문이었다. 젬마라는 이름의 신자.

주헌은 일단 인터뷰를 마치고 2차 일정을 또 잡기로 했다. 생각을 정리할 시간이 필요했다. 제보자와 연락이 잘 되지 않을 것이 염려되어 현재 거주지 주소와 비상시 쓰고 있다는 휴대폰 번호도 받아두었다. 자매가 '전자파의 방해'를 견디며 3시간 넘게 끌고 온 장바구니 캐리어 속 증거자료도 받아두었다. 최병흠 중령과 청진상륙작전관련 자료들, 그리고 한국전쟁 정전 72주년 행사를 전후로 자신들에게 가해진 알 수 없는 테러들에 관한 증거자료들이라고 했다. 자료 검토만도 상당한 시간이 걸릴 것 같았다. USB 네 개와 CD롬에 담긴 것도 제법 많았다. 꽤 오랫동안 준비한 모양이었다.

돌아오는 차 안에서 주헌은 두 작가에게 우선은 인터뷰 프리뷰를 한 다음 일정을 논의하자고 했다. 프리뷰는 원래 막내 작가 담당이지만 이번에는 서로 교차 점검이 필요하다는 생각이 들어 같이 해보자고 했다. 우선 김대찬 기자를 다시 만나 봐야겠다는 생각이 강하게 들었다. 함께 상의해 볼 사람이 필요했다. 머리가 무지근했다.

'아 머리야. 오늘은 무조건 편집실 탈출이다. 얼른 집 가서 멍 때리며 게임이나 해야겠다. 부캐나 키워야지!'

이미 어둑해지고 있었다.

보이지 않는 전쟁

"공주님 힘들지 않아요?"

"나는 괜찮아요. 언니가 걱정이지요. 지하철도 진짜 괜찮겠어요? 버스 타고 가도 되는데."

"사람 많은 데가 더 안전해요, 얼마 안 걸리니까 내가 좀 참아 볼게요."

"참 언니 수녀님한테 전화해요, 우리. 많이 기다리실 거예요. 여기가 지금 6시 10분이니까 거긴 13시 10분이겠네요."

"안 돼요, 공주님. 저들이 듣고 있어요. 이번 일까지 망칠 순 없잖아요. 텔레그램으로 간단히 문자 남겨 둬요. 그럼 언니 수녀님이 알아서 연락할 거예요."

"잘 되겠죠?"

"잘 될 거예요. 기도해 줘요. 공주님 기도는 주님께서 잘 들어주시잖아요. 얼른 집에 가서 카레 해 먹어요. 내가 해 줄게요. 공주님 카레 제일 좋아하잖아요."

자매에게 카레는 음식이라기보다 행복한 기억이었다. 엄마의 온기와 사랑을 기억하게 해 주는 추억의 사진첩 같은. 젊은 시절 수도자 생활을 오래 했던 자매의 어머니는 사실 요리는 잘 못했지만 시간이 될 때면 정성을 다해 음식을 해 주었다. 그 가운데서도 카레만큼은 정말 맛이 있었다.

자매에게 어머니는 요리 하고 집안일 하는 모습보다 성모상 앞에서 기도하는 모습이 더 많이 남아 있었다. 어머니께서는 교편을 잡았기에 학교에 머무르는 시간이 많았고 이후에는 자주 쌀이며 부식거리가 떨어져 요리보다는 묵주기도를 바칠 때가 더 많았다. 1972년 가을부터 9개월이나 감옥에 갇혀 혹독한 고초를 겪은 이후로는 더욱 기도에 매달렸다.

미조는 인터뷰 덕분에 조금은 마음이 편해졌다. 그 프로그램이라면 오랫동안 보아왔고 많은 시청자들로부터 지지받고 있는 것을 잘 알았기 때문에 저들이 혹시 안다고 해도 쉽게 마음대로 휘두르지 못할 거라는 생각이었다. 게다가 '청진상륙작전과 최병흠 중령'을 위주로 제작되는 특집 다큐멘터리라니 이제야 비로소 아버지의 유지를 받들 수 있게 되나 보다 싶었다. 그러나 시간이 문제지 저들은 언제 어떤 방식으로 공격해 들어올지 모른다는 걱정도 있었다. 어쩌면 이미 모든 것을 알아채고 방해공작을 계획하고 있을 지 모를 일이었다.

미조가 방송을 고집하며 시청자 게시판에 계속 제보했던 이유도 저들이 함부로 할 수 없는 분야가 바로 언론, 방송 매체라는 생각 때문이었다. 온몸을 바늘로 찌르는 듯한 통증을 감내하며 인터뷰를 자청한 것도 한시라도 빨리 그들의 악행을 알리고 몇 십 년째 지속되는 공격과 고통에서 벗어나고 싶어서였다. 어머니가 억울한 누명까지 쓰고 감옥에 갇혀 고초를 겪은 일과 자신들이 불안과 고통 속에 살아가고 있는 것은 별반 다를 게 없다는 생각이었다.

미조는 불안을 떨치려 미동과 이런저런 얘기를 나누며 명동성당에서 을지로입구 역을 향해 걸어가고 있었다. 얼마 못가서 젊은 남자가 휴대폰을 보는 척하며 일정한 거리를 두고 따라붙는 게 보였다. 미조는 사색이 되어 미동의 팔을 붙들고 근처 편의점으로 향하며 말했다.

"잠깐만요, 공주님. 조금만 있다가 가요. 저기 저 남자 가거든. 아, 돌아보지 말아요. 아까부터 우릴 따라오는 것 같아요."

목소리가 떨렸다. 편의점 안에서도 미조의 불안은 계속 되었다.

"저기 저기요. 봐요, 두리번거리잖아요. 우릴 찾는가 봐요."

"어디요? 아니에요. 그냥 지나가는 사람일 거예요. 저기는 지하철역 쪽이 아니잖아요."

미조는 길모퉁이 쪽을 돌아 인파에 섞여 사라지는 남자의 뒷모습을 보면서도 불안한 마음에 온몸을 바들바들 떨고 있었다. 편의점 직원은 차림새도 별스러운 두 중년 여성을 경계의 눈으로 쳐다보았다. 미동은 아무렇지 않은 듯 온장고에서 따뜻한 두유를 꺼내 직원에게 내밀었다.

미동이 스페인에서 돌아와 지금처럼 건강을 회복할 수 있었던 것은 모두 미조 덕분이었다. 봉쇄 수녀원의 삶을 마치고 세상에 나왔을 때는 작은 언니 미조가 수호천신이 되어 보살펴 주었다. 미조는 아무리 수도원을 떠났어도 하느님께 평생 서원을 맹세한 '하느님의 정배(淨配)'라며 미동과 단둘이 있을 때조차 편하게 이름을 부르거나 말을 놓지 않았다.

이름 대신 미조가 선택한 호칭은 '공주님'이었다. 미동 역시 딱히 묻지 않았지만 그게 하느님의 정배를 대하는 최소한의 예의라고 생각하는 것이리라 짐작했다. 비록 퇴회를 했어도 삶의 중심에는 하느님이 계시고 수녀원에서와 마찬가지로 늘 기도하며 생활하고 있으니, 미조의 눈에는 예나 지금이나 미동이 김대건 안드레아 신부의 아녜스 마리아 수녀로 보였을 터였다. 하느님께서는 세상 그 누구의 어머니보다도 더 어머니 같은 언니들을 미동에게 준 셈이었다.

'가족은 하느님께서 내게 주신 가장 큰 선물이다. 그러나 세상과 타협할 줄 몰랐던 내 가족들은 아직 하느님 나라가 이루어지지 않은 이 땅에서 고난과 고초를 버텨내며 힘겨운 삶을 살았다. 아버지, 어머니가 그리하셨고 어린 나이에 부모님을 대신해 동생들을 건사하던 카타리나 언니 수녀가 그랬고, 지금은 데레사 언니가 고통 속에 아파하고 있다. 나 역시 예외는 아니지만 데레사 언니의 희생과 고통에 비하면 아무 것도 아니다. 언제나 세상 권력은 나와 내 가족을 억압하며 굴종과 타협을 요구했다. 그러나 절대 그런 일은 일어나지 않을 것이다. 그 어떤 불의와도 타협하지 않으시고 하느님 나라에 드신 아버지와 어머니의 딸들이기 때문이다.

기도는 나의 힘. 테살로니카 전서 5장 17절에서 바오로 사도가 말씀하셨듯이 내가 살아있는 한 나는 끊임없이 기도할 것이다. 저들이 선한 이들에게 행한 악행으로 인해 스스로 무너질 때까지 기도를 멈추지 않을 것이다. 나의 기도마저 사욕을 채우고자 이용했던 '어리석고 불쌍한 자들'을 위해서라도 나는 끝까지 기도할 것이다.'

갑자기 몰아치는 가슴 통증으로 미동은 숨을 쉴 수 없었다. 가슴을 부여잡고 그대로 주저앉았다. 놀란 미조는 가방에서 약을 꺼내 입 속에 넣어주고는 조금 전 미동이 쥐어 준 두유에 빨대를 꽂아 먹였다. 당황한 편의점 아르바이트생이 "119에 연락할까요?" 물으며 달려왔다. 미조는 괜찮아질 거라고, 미안하고 고맙다고 몇 번이나 인사를 하고는 밖으로 나왔다.

마드레(madre) 카타리나

평화롭다. 뉘엿뉘엿 넘어가는 해를 등지고 축구공 하나를 차지하기 위해 운동장 곳곳을 이리저리 몰려 뛰다니는 아이들의 모습은 이국의 수녀 최미사 카타리나에게 늘 평화를 준다.

장난꾸러기 1학년 챠비가 형 누나들을 따라잡기 위해 기를 쓰고 달리는 모습이 너무도 사랑스럽다. 5학년 에스테반이 따라잡히는 척 슬쩍 축구공을 뺏겨 준다. 신이 난 챠비가 제 몸 반만큼 큰 축구공을 굴리며 골대로 달린다. 그 모습에 카타리나 교장 수녀는 저절로 '주님 감사합니다, 아멘' 하며 성호를 긋고 묵주 십자가에 입을 맞춘다.

운동장을 누비는 아이들 모습을 눈으로 쫓던 카타리나 수녀도 어느새 그 또래 아이가 되어 달리고 있다. 덕수궁 돌담길을 돌아 아빠의 사무실을 향해 달려가는 자매. 미조와 미동이 "미사 언니, 천천히 가", "언니 혼자 먼저 가기 없기" 소리치며 열심히 따라온다. 건너편에서 아빠는 간식거리가 든 봉투를 한 아름 안고 기다린다. 미조와 미동의 웃음소리가 들린다. 즐겁다. 모처럼 온 식구가 소풍을 가기로 한 날이니까.

그런데 엄마가 보이지 않는다. 춥다. 아현동 단칸방. 연탄불은 꺼진 지 오래고 냉방에서 미조와 미동이 부둥켜안은 채 떨고 있다. 밥알을 구경해 본 지가 언제인지. 그러나 배고픔보다 더 참을 수 없는 건 그리움이다. 몇 달째 억울하게 감옥에 계신 엄마, 아빠가 너무나 보고 싶다. 엄마가 자주 입으시던 스웨터에 얼굴을 묻고 깊게 숨을 들이쉰다.

'아, 엄마 냄새…'

가슴 깊은 곳에서 통증이 올라온다. 눈물이 그냥 눈을 뚫고 나온다.

"아얏, 엄마야!"

축구공에 머리를 맞고서야 잠에서 깼다.

"마드레 미사, 공 좀 주세요! 어서요."

50여 년이 흐른 일인데 꿈속에서도 현실에서도 너무 생생

했다. 선잠에서 깨고도 좀처럼 통증이 가시지 않았다. 멍하게 앉아 있는 교장 수녀를 보고 알베르토는 '많이 아파요, 마드레? 죄송해요.' 하며 미안해 했다. 게다가 수녀의 눈에서 미처 가시지 않은 눈물을 보고는 거의 울 듯한 표정이 되었다. 카타리나 수녀는 그런 거 아니라며 알베르토를 안고 다독였다.

동생들 생각이 간절했다. 며칠 전 보내온 문자를 다시 보았다. 지구 반대편 동생들에게서 날아온 문자. 잠시나마 영상 통화라도 하고 싶었지만 여의치 않았다. 동생들 건강이 걱정이 되었다. 안 그래도 방송사에서 보내온 서면 인터뷰에 답을 하고 어떻게 진행되고 있는지 궁금하던 참이었다. 이번에는 아버님의 유지를 받들어 평생 고통 속에 살다 가게 한 그 짐을 덜어드릴 수 있기를 간절히 기도할 뿐 타국에서 수도자 신분인 최 미사 자신이 할 수 있는 일은 거의 없었다.

그러나 절망하지 않았다. 모든 것은 하늘에 계신 그분의 손에 달린 일, 우리 가족의 고통을 그분은 외면하지 않으시리라.

한편으로는 동생들에게 모든 짐을 떠맡기고 온 것 같아 마음이 무거웠다. 막내 아녜스도 건강이 안 좋은데 둘째 데레사마저 더 악화된 게 모두 자신의 탓만 같았다. 데레사는 먼 곳에 있는 언니가 걱정할까 알리지 않으려고 애썼지만, 모를 수는 없었다. 피정(避靜)이라고 말했지만, 제일 편하고 안전해야 할 내 집에 머물지 못하고 전화도 마음 편히 받지 못하는 동생들이 여기저기 수녀원을 전전하는 걸 어찌 모를 수 있겠나. 부모님의 바람대로라면 데레사도 아녜스도 자신과 같은 수도자의 삶을 살아야 했다. 각자 수도원은 달랐지만 함께 스페인에 머물렀던 10년 남짓한 세월이 그리웠다.

큰동생 데레사는 유독 어려서부터 친구들과 어울리지 못하는 외로운 아이였다. 부모님께서 모두 수감생활을 하게 된 그 사건을 겪은 후로는 부쩍 말수도 적어졌고 혼자 있는 시간이 늘었다. 그러니 낯선 사람들과 어울려 수도 생활을 한다는 것 자체가 무리한 일이었는지 모른다. 막내 아녜스의 경우는 좀 달랐지만, 그 애가 퇴회하게 된 일은 지금도 떠올리기조차 힘들었다. 막내는 지금까지 이유를 함구하고 있지만 분명 견디기 힘든 일을 겪었을 터이다.

그를 다시 만나지 않았다면, 그때 자신이 수도자 신분이 아니었다면 상황은 좀 달라지지 않았을까. 카타리나 수녀의 마음이 어지러워졌다. '그 해, 대한민국 해군 창군 75주년 기념식에 세 자매가 참석하지 않았더라면 데레사와 아녜스가 이렇게까지 위험해지지는 않았을 텐데…' 하는 부질없는 생각 때문이었다. 한동안 평화로웠던 자매들의 일상이 다시 흔들리기 시작한 것은 2020년 11월 11일 이후였다.

2부

마드리드에서 날아 온 이메일

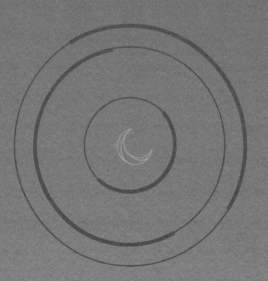

마드리드에서 날아온 이메일

주헌은 민 작가가 보내온 메일을 열어보았다. 제보자의 언니 최미사 수녀가 마드리드에서 보내온 회신을 전달해 준 것이었다. 제보자 자매와의 1차 인터뷰에서 들을 수 없었던 일화들이 꽤 많았다. 시간이 좀 걸리기는 했지만, 2차 인터뷰 준비와 취재 동선을 줄이는 데 많은 도움이 되었다.

작가들과 송 피디는 그 가운데 두 사건을 눈여겨보았다. 작고한 최병흠 중령 부부와 세 자매의 삶에 지대한 영향을 끼쳤으며, 현재의 삶도 좌지우지할 만큼 중요한 사건임이 분명해 보였다. 하나는 2020년 11월 11일 대한민국 해군 창군 75주년 수훈식장에서 벌어진 사건이었고, 또 하나는 1972년 최 중령 부부가 구속된 속초 변호사 사건이었다. 특히 속초 사건은 다섯 가족의 운명을 바꿔놓는 계기가 된 게 분명해 보였다. 그러나 모든 시작은 역시 청진상륙작전이었다.

제보자들의 상황을 어느 정도 이해할 수 있을 것 같았다. 첨부된 150기가바이트 분량의 파일은 출판을 염두에 두고 써온 원고라며 꼭 읽어보면 좋겠다는 간절한 부탁의 메시지도 있었다.

주헌은 파일을 읽지 않는 것은 업무상 배임행위와 다를 바 없다고 느꼈다. 새봄에게 출력을 부탁했다. 그러다 문득 박인호 국장이 준 대외비 문건이 생각났다. 그것은 자매가 해군 창군 75주년 행사 전날 잃어버렸다던 그 문서와 관련이 있어 보였다. 서둘러 문건을 꺼내 들고 편집실로 향했다.

주헌은 인터뷰 영상을 돌려가며 해군 창군 행사 부분을 찾았다. 영상 속 제보자는 다시 봐도 현실의 인물 같지 않다는 생각이 들었다.

"창군 행사에 초대를 받았어요. 마침 언니 수녀님도 휴가를 받아 올 수 있었구요. 앞에서도 말씀드렸지만 6.25 당시 청진상륙작전과 원산상륙작전에서 첩보대원으로 활동하신 공로로 당시 미 국방성에서 주는 브론즈 스타상과 우리 정부에서 주는 금성충무무공훈장을 받으셨는데, 아버님은 아무것도 가지고 계시지 않았어요. 그래서 선종하시고도 오랫동안 천주교 묘역에 묻혀 계시다가 나중에 국립묘지로 가실 수 있었던 거죠."

"그럼 국립묘지로 가시기 전까지는 국가유공자가 아니셨던 건가요?"

"네. 어이없게도 아버님 기록은 없대요. 청진상륙작전도 그렇고 수훈 사실조차 기록에 없다는 거예요. 신문기사에는 두 상 모두 분실했다고 기사화됐는데 그렇지 않아요. 이 부분도 기자 분들께 상세하게 말씀드렸는데, 결국 분실로 나갔더군요. 미국에서 받은 브론즈 스타상은 바다에 던져 버리셨고, 금성충무공훈장은 아예 아버님껜 전달되지도 않은 거예요. 모두들 어수선한 전쟁 상황이어서 그랬다지만 누군가 빼돌린 거지요. 수훈 기록도 마찬가지예요. 없을 리가 없어요. 아버님의 공적이 세상에 드러나면 자기 행적이 거짓이 되는 이들이 조작하고 숨기고 있는 거죠. 당시 이승만 대통령께서 훈장을 주신 이유가 미국에서 브롤즈 스타상을 받으셨다는 말씀을 듣고서 이런 영웅한테 가만있으면 되겠냐며 높여서 주신 거라고 늘 말씀하셨거든요."

"그럼 어떻게 수훈 사실을 알릴 수 있었던 겁니까?"

"미국에서 온 편지가 결정적이었죠. 당시 미주리 함대에서 같이 근무하셨던 장군 중 한 분이 7함대 사령관의 서한을 찾아서 보내주셨어요. 친필로요."

"네, 언니님 말이 다 맞아요. 그 편지는 우리 언니 수녀님 노력이 컸어요."

"공주님 말대로예요, 하하하. 혹시나 미국 비밀문서에서는 찾을 수 있을까 해서 지인들을 통해 백방으로 알아봤거든요. 마침 미국 사는 수녀님의 친구 남편이 연결해 주신 거죠. 목회활동을 하시는 목사님이셨거든요. 그분이 아버님 관련 기록을 찾고 있다는 소식을 듣고 그 장군께 얘기해서 미 해군이 보관 중이던 7함대 사령관의 서한을 보내주신 거죠. 저희 자매 앞으로요!"

"근데 그날 무슨 일이 있었던 겁니까?"

"해군은 6.25 숨은 영웅을 찾아 수여하지 못한 훈장을 준다면서 서한 원문을 가지고 오라 했어요. 주인공은 역시 최병흠 중령님 아니시냐면서. 근데 행사 전날부터 꼬이기 시작했어요. 시간이 바뀐 거예요. 당초 시간보다 3시간이나 당겨진 거죠. 기차 예매부터 다 다시 해야 하는 상황이었어요. 안내를 맡은 담당자는 기다리고 있고, 기차표는 없고 마음이 급했죠. 겨우겨우 티켓을 변경하고 역으로 갔죠. 택시에서 내려 역사로 들어가는 잠깐 사이에 오토바이를 탄 남자가 캐리어를 채갔어요. 제 캐리어만 소매치길 당한 거죠. 급히 경찰에 신고는 했는데, 무작정 기다릴 수도 없고 난감했습니다. 노트북이랑 중요한 서류들은 다 제 캐리어에 들어있었거든요. 그냥 기차를 탈 수도 없고, 그렇다고 안 탈 수도 없는 상황이었는데, CCTV로 소매치기의 동선을 파악 중이니 일단 가서 기다리면 연락을 주겠다고 하더군요. 별수 없었죠. 꼭 찾아야 한다고, 꼭 찾아달라고 부탁하고는 기차를 탔습니다. 다행히 역에서 2킬로미터 떨어진 뒷골목에서 캐리어를 찾았다는 연락을 받았습니다. 담당 경찰관은 돈 되는 게 없으니까 그냥 버리고 간 모양이라 그러더군요. 그날 늦게 가방이 돌아오긴 했는데 엉망이었죠. 캐리어 안에 있던 서한이며 서류는 다 사라졌고, 노트북은 해킹된 상태로 아버님 관련 중요 파일들은 싹 다 지워져 있었어요. 캐리어 지퍼는 터져 있었구요…."

"단순 소매치기범이 아니라고 생각하시는 건가요?"

"네! 그랬다면 노트북을 팔거나 버렸겠죠. 구형 노트북을 해킹할 리 없잖아요. 그리고 중요한 문서만 싹 다 지워버렸다는 거예요. 당연히 의심할 수밖에 없죠."

"그게 2년 전 진해로 가실 때 실제로 일어난 일이라는 거죠?"

"그럼요, 작가님이랑 피디님도 안 믿기실 거예요."

"그래서 그 싸가지 소매치기는 잡으셨어요?"

듣고 있던 이새봄 작가의 첫 호응이었다. '싸가지'라는 말에 다소 놀란 듯 최미조는 하하하하 소리 내 웃더니

"아뇨, 사각지대로만 다녀서 찾을 수가 없었어요. 오토바이

번호도 대포 번호구요. 중요한 것 같은데 길에 버려져 있다는 시민 신고로 겨우 캐리어만 찾은 거랬어요. 그리곤 그냥 흐지부지 종결 처리된 거죠."

최미사 수녀의 회신 내용으로 보아 결정적인 사건이 더 있을 것 같은데, 두 동생들의 인터뷰 속에는 없었다. 원본은 영영 찾을 수 없었지만 제보자가 사건 경위를 설명하는 편지를 미 국방성 담당자에게 보내놓고 기다리는 동안 스페인에 있는 카타리나 수녀가 지인을 통해 다시 받은 듯했다. 아, 그런데 인터뷰 영상에는 서한 원문과 수훈서가 제대로 찍혀 있지 않았다. 아직 인써트 촬영 전인 탓이었다.

그러나 주헌은 알 수 있었다. 대외비 문서와 영상 속 서한문과 수훈서가 같은 것이라는 것을. 마음이 급해졌다. 민 작가와 새봄 작가는 자료 정리 중이니 회의실에 있을 터였다. 새봄 작가에게 서한문을 찾아두라고 문자를 보내놓고 회의실로 뛰어갔다.

김대찬이라는, 기자

    송주헌과 김대찬은 회사 인근 작은 노포에서 만났다. 삼겹살과 돼지 부속고기를 파는 대폿집 분위기의 허름한 식당이었다. 메이저 방송사들은 여의도 시대의 막을 내리고 21세기 디지털 미디어 시티를 내세우며 이곳 상암동으로 속속 모여들었다. 연이어 광화문 일대에 본사를 두고 있던 종합편성 채널과 케이블 방송사들도 이전하며 정말 디지털 상암 시대라고 부를 만했다.

  하지만 두 사람이 만난 식당은 40년쯤 뒤로 타임슬립 한 것처럼 최첨단 디지털 시티와는 거리가 멀었다. 약속 시간보다 10분이나 일찍 도착했는데도 주헌 앞에는 소주를 반 병 가까이 비운 김대찬이 앉아 있었다.

둘은 선후배 사이였다. 하지만 개인적 친분이라곤 1도 없었다. 추억의 공유지가 없을 뿐 아니라 심지어 같은 시기에 강의조차 들어본 적이 없었다. 같은 대학교 같은 과 동문이라는 학연을 빼면 다른 직원들과 하나 다를 바 없는 선후배 사이였다. 아니 오히려 주헌에게 대찬은 한 때 '제가 한번 밝혀보겠습니다'로 유명세를 탔던 방송기자, TV에서나 볼 수 있는 연예인 같은 선배라는 느낌이 더 강했다.

그들은 S라인으로 분류되었다. 특히, 특채돼 장기 계약직이 된 주헌에 비해 정규직 노조원이자 기자인 김대찬의 사내 입지는 실로 막강하다 할 수밖에 없었다. 덩달아 입사 동기들 사이에서 주헌도 골드라인 계약직으로 분류됐다. '밀어주고 땡겨주는' 확실한 동아줄이 있어 승진이나 인간관계에서 정직원급이라는 뜻이었다. 그러나 2년 이상 근무하면 법에 따라 장기계약직으로 넘어가 정규직에 상응하는 처우를 받는다곤 하지만, SKY라인에 속하는 정직원들과는 비교가 되지 않는 게 현실이었다. 월급이야 사규에 따라 정해진 연봉을 받는다지만 대내외적으로 대면하는 인간관계 속에서 느껴지는 감정적 처우는 체감 온도가 확실히 달랐다.

주헌이 시사교양국을 선택했을 때 의아해 하는 입사동기들이 대부분이었다. 신입사원 오리엔테이션 기간 내내 드라마국

2부 마드리드에서 날아 온 이메일

이든 예능국이든 조용하지만 다소 엉뚱한 듯 신박한 아이디어를 툭툭 던지는 주헌을 선배 피디들이 은근 탐내고 있었기 때문이었다. 그러나 주헌은 제일 먼저 시사교양국을 택했다. 이유는 하나였다. 다른 제작부서에 비해 조용하다는 것. 인턴 기간만 끝나면 시간과 일정 컨트롤이 어느 정도는 가능하겠다는 생각이었다. 퇴근하면 자신이 좋아하는 애니메이션과 웹툰과 온라인 게임을 얼마든 즐길 수 있으니까. 당시 주헌에게 정규직보다 중요한 것은 '워라벨'이었으니까.

그 선택이 얼마나 순진한 오판이었는지 깨닫는 데는 한 달이 채 걸리지 않았다. 드라마국이나 예능국에 비해 제작 스케줄 면에서 상대적으로 여유로울 것이라는 생각은 그야말로 착각이었다. 누구나 자신이 처한 현실이 제일 힘든 법이니까. 게다가 레귤러 프로그램을 만드는 조연출에게 규칙적인 생활이란 환상일 뿐이었다. 규칙적인 밤샘이라면 모를까.

주헌이 앉자 마자 대찬은 소주잔부터 채워주며 말했다.

"자신 있지?"

"네?"

"박 선배한테 조 의원실 문서 받았지?"

"아, 네! 이거 말씀하시는 거죠?"

주헌은 핸드폰을 내밀었다. 박 국장에게서 받은 대외비 문서와 제보자들이 준 서한문을 스캔해 저장해 두었던 것이다.

"짐작 대로네. 오~ 송 피디 한 건 했는데! 그런 의미로 일단 일 잔 받고오."

김대찬은 이제 입봉을 앞두고 있는 신출내기 송주헌을 대견하다는 눈빛으로 보며 술을 권했다. 주헌 역시 대선배이자 유능한 기자에게 인정받는다는 생각에 나쁠 건 없었다. 하지만 맥이 탁 풀렸다. 주헌이 어렵게 유추해 낸 사실을 대찬은 이미 알고 있었던 것이다. 제보자 최미조가 소매치기 당했던 캐리어 속 서한문과 수훈 증서 원문은 역시 조정국 의원실의 대외비 문건과 같은 게 아닌가. 대찬에게 받은 소주를 한 번에 털어넣으며 '이래서 짬밥은 무시 못 한다니까' 푸념했다.

"뭐가 이렇게 쉬워요, 선배한텐? 언제부터 알고 계셨던 거예요?"

"알게 된 지 얼마 안 돼. 이제부터가 시작이지. 쉽지 않을 거야, 모든 게."

"무슨 말씀인지?"

"누가? 왜? 어떤 의도로 그걸 빼돌렸냐가 관건이란 얘기지. 그리고 그게 왜 조정국 의원에게 흘러들어가 대외비 문건으로 다시 돌아다니게 됐나 이걸 밝히는 게 뽀인뜨란 얘기야. 안 그래?"

"제 말이 그 말인데요. 참, 그거."

"제보자가 소매치기당한 문건이지."

"그것도 알고 계셨네요."

"오전에 경찰서 가서 당시 담당자를 만났는데, 뭔가 구려."

"아, 이미 담당자까지 만나셨구나. 암튼 단순 소매치기가 아니라는 얘기죠?"

"오늘 얘기할 맛이 나네. 우리 갈 길이 멀다 송 피디야."

"그런데 선배! 조정국 의원은 누구편이에요?"

"아직은 우리 편 같은데…."

"그럼 우리 편이 아닐 수도 있다는 얘기예요?"

"아직 헷갈린다는 얘기지. 좀 더 지켜보면 알겠지. 어떤 의도로 대외비 문건을 흘렸는지는. 이메일 주소 좀 알려주지. 사내 메일 말고."

"네, 지금 문자로 보내드리겠습니다."

"문자 말고, 여기."

대찬은 자신의 기자수첩과 볼펜을 쓱 밀어주었다. 주헌이 적어주자 바로 휴대폰으로 취재 파일 하나를 보내주었다. 곧장 열어보려는 주헌에게 집에 가서 천천히 열어보라며 오늘은 공장문 닫고 편하게 한잔하면서 세상 돌아가는 얘기나 하자고 했다. 그러나 그럴 수 없었다. 묻고 싶은 게 너무 많았다.

"선배님, 혹시 유가족 인터뷰 해보셨어요?"

"아직. 거, 공장문 좀 닫자니까."

"그게요. 문은 조금만 이따가 닫고. 하아… 어디서부터 얘길 해야 되지?"

주헌이 물어볼 게 너무 많아 질문을 고르는 동안 김대찬이 먼저 치고 들어왔다.

"최미조 박사가 두 건의 재판에 걸려 있는 건 알고 있지? 물론 피고 아니고 원고."

"네? 재판이요?"

"제보자한테 너무 휘둘리지 말고 본질에 집중해야지. 그렇다고 제보자가 없는 말을 꾸며낸다는 뜻은 아니야, 오해 없이 들어."

"인터뷰 때도 재판에 관한 얘긴 없었는데요…."

"물어는 봤고?"

주헌은 아차 싶었다. 그동안 제보자의 특이한 이력과 겉모습과 상황에 현혹되어 본질을 짚지 못하고 있었던 것이다. 부끄러웠다. 얼빠진 모습의 주헌에게 대찬은 방금 보낸 파일을 열어보라고 했다. 하나는 A보험사와 진행 중인 소송이었고, 다른 하나는 특수임무보상위원회와 보훈부를 상대로 한 것이었다.

"송 피디야. 청진상륙작전이 기든 아니든 미 국방성에서 브론즈 스타상을 받고 우리 정부로부터는 금성충무무공훈장을 받은 국가유공자 가족이 보상금은커녕 연금 한 푼 못 받는다면 넌 믿겠냐?"

2부 마드리드에서 날아 온 이메일

"그럼 최미조 씨 주장대로 누군가 빼돌리고 있다는 건가요?"

"거기까진 아직 확인된 바 없고."

"그래서 소송이 시작된 거군요? 근데 이 보험사와는 무슨 상관이 있는 거죠?"

"그치, 너도 그 지점이 얼른 이해가 안 가지? 너 그 보험사가 어느 그룹 소유인지는 알지?"

"그거 모르는 바보도 있을까요. 아성이잖아요."

"오케이. 그럼 아성 돈 안 받아 본 시민단체 없다는 말도 알겠네."

"그 정도예요?"

"최미조 박사가 스페인 수도원에서 나온 다음 연금 보험에 가입한 모양이야. 가족도 없이 혼자 살아야 하니까."

"근데요?"

"근데 그 연금보험 때문에 유족 앞으로 나오던 얼마 안 되는 연금도 끊기고 지금 사는 임대아파트에서도 쫓겨나게 생긴 거지."

"연금보험을 얼마나 크게 들었길래요?"

"강사 수입으로 무슨 돈이 있어서 크게 들었겠어? 뭐가 있는 거지."

"뭐요?"

"그것도 캐 봐야지. 안 그래? 자자 그만 심각하고 한잔해.

나는 담당 변호사 만나서 아성보험사 쪽 캐 볼 테니까 송 피디 넌 그 문서 들고 해군본부랑 보훈부 쪽 사람들 좀 만나봐."

"고마워요, 선배. 이 문서 우리 편한테 공유해도 되죠?"

"작가들?"

"네."

"넌 같은 편도 있고 좋겠다. 기자는 말야 독고다이야. 사방이 적들뿐이거든. 이모, 여기 전기차 한 대 더요~."

"테슬라 한 대 나갑니다아~ 계란말이는 싸비스으! 이제 싸비스 줄 날도 얼마 안 남았는데 팍팍 주지 머."

디지털 시티가 본토박이 아날로그 시티를 싹 다 밀어낼 날이 다가오고 있나 싶었다. 노포는 철거를 앞두고 있었다. 보상금만으로는 갈 데도 없는데 걱정이라며 세 번째 스무 살을 넘긴 주인 이모는 호탕하게 웃었다.

서든 어택 - 송주헌의 오피스텔

　주헌은 오랜만에 혼자였다! 거의 2주 동안 편집실과 회의실에서 생활하다시피 했다. 짬나는 대로 들어와 씻고 겨우 옷만 갈아입고 나가기 바빴다. 술기운 탓인지 피로가 밀려왔다. 이럴 땐 게임 한판이 최고지! 컴퓨터를 켰다. 첫 월급 받아 장만한 컴퓨터. 입사 3개월 간 수습이라 얼마 되지 않았지만 그래도 게임용 컴퓨터를 샀다.

　'역시 성능 하나는 끝내 준다. 피씨방 수준이다. 이래야 게임할 맛이 나는 거지! 진격의 FD 나가신다. 다 덤벼라~ 참, 이젠 진격의 피디다 어쩔 큭큭.'

　에이케이 사칠(AK47) 한 방에 낭자하게 피 흘리며 쓰러져

가는 적들. 그런데 왠지 오늘은 신나지 않는다. 청진이 자꾸 오버랩 된다. 바로 옆에서 내장을 쏟아내고 총알이 머리를 관통해 피를 흘리며 쓰러지는 전우를 마주하는 건 어떤 느낌일까?

쓰러지는 전우의 피가 내 얼굴을 때리고 손을 적시고 살 조각 파편들이 여기저기 흩어지는 살육의 현장. 생각만으로도 고통스럽고 끔찍했다. 술기운이 싹 가시며 흥이 사라졌다. 주헌은 자신의 최애 게임 '서든 어택'이 새삼스럽게 다가왔다. 청진상륙작전은 '기습'처럼 던져져 평온한 일상을 마구 공격하고 있었다. 침대에 누웠지만 잠이 오지 않았다. 주헌은 다시 일어나 최미사가 보내 온 출력본을 펼쳤다.

나의 영웅, 나의 아버지 어머니

지금은 영복소(永福所)에 드신 최병흠, 박인애 제 부모님 영전에 이 글을 올립니다. 엄마, 아빠 영원히 사랑합니다.

"내 일본 가가 박사 신부 돼가 올 끼다"

병흠은 경상남도 산골 천주교 신자들이 모여 살던 교우촌 송대리라는 작은 마을에서 태어났다. 그의 아버지와 할아버지께서는 침술에 뛰어난 한의사였으나 가난했다. 그 시절 일제의 폭압에 모든 것을 빼앗긴 사람들은 너나 할 것 없이 모두 가난했다.

송대리 한약방집 부자는 아픈 사람들을 치료해 주고도 변변한 치료비를 받지 못하는 일이 허다했으며, 그렇다고 아픈 사람을 두고 외면할 만큼 모질지도 못했다. 따지고 보면 모두가 박해를 피해 산골로 숨어든 천주교 순교자 집안의 자손들이 아닌가. 병흠과 동네 아이들은 '엄마'라는 말보다 '아멘'을 먼저 배울 만큼 신심이 깊은 어른들 속에서 자랐다.

동네 언덕바지 작은 성당은 마을 사람들의 중심이었고 아이들의 놀이터였으며 학교였다. 그 속에서 병흠은 자연스럽게 그리스도교의 사랑과 희생을 체득했다. 타고난 영민함으로 무엇을 배우든 뛰어나고 빨랐다. 한약방집 맏손주의 영민함은 프랑스에서 온 벽안의 보드뱅 신부 눈에 들었다.

"*말구(마르코), 밥은 문나?"라고 묻는 보드뱅 신부에게 "논 쟤 파므(non j'ai faim. 아뇨, 배고파요)"라며 어깨너머로 배운 프랑스어로 답할 정도였다. 그러면 보드뱅 신부는 병흠에게 한국어 몇 마디를 더 물어보고는 잘 가르쳐 줘서 고맙다며 삶은 감자를 주었다. 서당에 다니던 최병흠 마르코를 신학교에 보내자고 추천한 것도 보드뱅 신부였다. 병흠은 그렇게 또래보다 늦게 소학교를 거쳐 동성상업학교 신학생이 되었다. 사제의 길을 선택한 것이었다.

그곳에서 교장 장면 선생과 후배 신학생 김수환을 만났

다. 장면 선생에게 배운 영어실력은 탁월했으며, 사제에게 필수인 라틴어 실력은 일취월장했다. 병흠의 사제를 향한 배움의 길은 순조로웠다. 탁발례를 마치고 독서품을 받을 때까지는.

고향에서 신학교 5학년 여름방학을 보내고 학교로 돌아온 첫날, 최병흠 마르코는 교장실로 불려갔다. 장면 선생은 프랑스 외방선교회 출신 선교사 신부가 교장 신부님께 보내온 편지를 내밀며 똘레(Tolle) 결정이 내려졌다고 했다. 납득할 수 없는 일이었지만, 이미 결정된 일이라 자신도 어쩔 수 없다며 진심으로 안타까워했다.

방학 때 고향 성당에서 성모회 회원들과 어울려 기타를 치며 노래를 부른 일이 신학생 신분으로 규정을 어긴 것이라고 했다. 신성해야 할 성당 안에서 그것도 젊은 여신도들과 어울려 불경하기 짝이 없는 유행가를 부르며 노닥거린 행위는 용서받지 못할 방탕함이라고 몰아붙였다고 했다. 병흠은 물러설 수밖에 없었다.

성모회원들을 잠시 도운 일이 화근이 될 줄이야. 상상도 못한 일이 벌어진 것이었다. 교중미사 때 부를 성가를 골라 달라는 성모회원들과 함께 추천 성가를 부르다가 한 회원이 너무 간절하게 부탁하는 바람에 귀동냥으로 듣던 유행가 한 곡을 짧게 불렀었을 뿐이었다.

"학사님요, 요즈막에 경성서 유행하는 유행가 들어보셨능교? 경성 사람들은 요래요래 나팔꽃맹키로 생긴 축음긴강 그런 걸로 듣는다카대요, 맞능교? 지는요 태어나서 한 발짝도 송대리 밖으로 나가 본 즉이 읎심더. 성당도 겨우 허락 받아가 나온 지 얼마 안 됩더. 학사님은 기타도 잘 치고 아는 것도 많으시고 아는 노래도 많으시까네 한 곡만 갈차 주시면 안 되겠능교?"

한 번도 송대리 밖으로 나가 본 적이 없다는 말이 가슴에 남아 짧게 유행가 한 곡 불러준 게 전부인데, 그것이 무슨 신학생 본분을 운운할 만한 건가. 병흠으로서는 납득할 수도 받아들일 수도 없었다.

상황을 오해하고 노발대발하는 선교사 신부에게 자초지종을 설명하고 오해를 풀었다고 생각했다. 다 풀린 줄 알았다. 그 일로 교구에 처벌을 요구할 줄은 꿈에도 생각지 못했다. 타인의 편지 한 장으로 자신의 평생 꿈이 산산조각 날 줄이야…

그러나 어찌해 볼 힘도 방법도 없었다. 그렇다고 오직 한 길, 사제의 길만 바라보고 걸어온 꿈을 하루아침에 접을 용기도 없었다. 현해탄을 건너기로 결심했다. 조선교구가 아닌 곳으로 가면 된다고 했다. 자신에게 닥친 이 시련을 이겨내고 반드시 사제가 되고야 말겠다고 다짐했다. 신학교

2부 마드리드에서 날아 온 이메일

기숙사를 나오며 하늘에 계신 그 분께 수없이 화살기도를 올렸다. 묵주를 잡고 성모님께 매달렸다.

　고향을 떠나온 그리움을 잠시나마 달래 주던 기타를 이제 다시는 잡을 수 없을 것 같았다. 사제 서품을 받고 학교를 떠나는 선배 신부님이 물려준 그 기타를 학교 기숙사에 그대로 두고 나왔다. 짐이랄 것도 없는 보따리 하나 둘러메고 뒷문으로 향하는 자신의 신세가 너무나 고통스러워 고개를 들 수 없었다.

"최 말구! 곧 라틴어 수업인데 어딜 가는 거야?"

"내 지금 일본 가가 박사 신부 돼가 올 끼다!"

야반도주

　통영 근방까지 소문난 하동집만큼은 아니었지만 박영애의 아버지 박영치는 이름 석 자만 대면 알 만한 대지주이자 어장주(漁場主)였으며 교육자였다.

　예로부터 이순신 장군에 대한 존경심이 남달랐던 통영 사람들은 항일정신 역시 강해 아이들을 일본놈 밑에 맡길 수 없다며 교육을 거부하고 학교에 보내지 않는 사람들이 많았다. 그러나 교육만이 일제 치하에서 벗어나게 해 줄 수 있다고 믿었던 박영치는 번듯한 기와집 사랑채 벽을 허물어 간이교사를 세웠다. 그리고 여자라서, 나이가 들어서,

가난하다는 등의 이유로 교육을 받지 못하는 통영사람들을 모아 농사짓는 법과 한글을 가르쳤다. 굶주린 사람들에게는 땅까지 내주어 농사짓게 했다. 이런 박영치의 활동은 일제의 감시망에 걸려들었고, 그의 일거수일투족은 요주의 대상이 되었다.

이런 아버지 덕분에 박인애는 부산여고보를 졸업했다. 그러나 일제의 강압적 행동이 딸에게 미칠 것을 우려한 부모 때문에 통영에서 교편을 잡지는 못했다. 마침 지인의 도움으로 머나먼 황해도 원산까지 올라가 수녀회에서 운영하는 봉삼소학교에서 교편을 잡았다. 인애는 그곳에서 세례성사를 받고 박 마리아 로사로 다시 태어났다. 그때부터 어렴풋이 성소(聖召)의 꿈을 키웠다.

아버지 박영치를 못마땅하게 여긴 일제는 기어이 그를 내선일체를 거부하는 사상범으로 몰아 감옥에 가두어 버렸다. 그는 그곳에서 모진 고문을 당하면서도 버텨낸 끝에 겨우 풀려날 수 있었다. 그러나 집으로 돌아온 지 사흘 만에 후유증으로 결국 숨을 거두고 말았다. 게다가 일제의 토지조사령과 함께 떨어진 어업령으로 박영치의 어장은 일본인에게 넘어가 남은 가족은 빚더미에 올라앉고 말았다. 학교운영과 생계를 위해 무리하게 어장 확장을 시도한 것도 한몫했지만, 어장주도 모르게 '어업허가권'이라는 것을 받

아낸 한 일본인이 박영치의 어장을 차지하고 인애 가족을
어업소작인 취급을 했다.

하루아침에 가장을 잃고 빚쟁이들에게 집이며 땅이며 모
든 것을 내주고도 빚을 청산하지 못한 박인애와 그녀의 가
족은 더 이상 통영에 살 수 없었다. 인애의 어머니는 어린
자식들을 키우기 위해 무슨 일이든 하고 싶었으나, 평생 마
을 사람들에게 존경받는 '박 교사'의 아내로 안살림밖에 모
르고 살아왔기에 막상 그녀가 생계를 위해 할 수 있는 일은
없었다. 생계도 생계였지만 혼자 힘으로는 이제 막 걷기 시
작한 유복자 막내아들을 비롯한 어린 자식들 건사하기도
버거웠다. 그렇게 가계를 책임지는 일은 고스란히 맏이 박
인애의 몫이 되었다.

그러나 마을사람들은 자신들에게 도움을 주었던 박영치
의 은혜를 배반하지 않았다. 십시일반 쌈지 돈을 모아 여
비를 마련해 주었다. 또 어업령 속에서도 어장을 지켜내며
돈을 꾸어주었던 박영치의 친구는 입에 풀칠이라도 하라
며 꽤 큰돈을 주었다. 일본으로 가서 무슨 일이든 하라고
살 길을 열어주었다. 부산까지 갈 목선도 내 주었다. 인애
는 모두가 아버지 덕이라고 생각했다.

어두운 밤 깊게 잠든 고향 통영을 인애와 가족은 그렇게
아무도 모르게 떠났다.

부관연락선

　박사 신부가 돼서 올 거라며 호기롭게 떠나 왔지만 병흠의 수중에 남아 있는 것은 묵주 하나와 가락국수 한 그릇 사먹을 돈뿐이었다. 그래도 떠나야 한다는 일념은 포기할 수 없었다. 자신을 밀어낸 신학교에서 되도록 멀리, 한시라도 빨리 떠나고 싶었다.

　무작정 배에 올랐다. 러일전쟁에서 승리한 일본놈들이 기고만장해져 조선반도를 거쳐 대동아 야욕을 위해 개통한 부관연락선. 병흠은 이 튼튼한 침략의 바닷길을 역행해 적국으로 가려는 것이었다. 오직 사제가 되기 위해, '아버지의 나라가 하늘에서와 같이 땅에서도 이루어지는' 그날을 위해.

　병흠을 태운 거대한 철선 쇼케이마루 맨 밑바닥 삼등칸, 현해탄을 건너는 사연은 승선객 수만큼이나 얽히고설켜 발 디딜 틈조차 없었다.

　인애는 눈앞에 떡 버티고 선 어마어마한 크기의 철선을 보고서야 '진짜 통영을 떠나왔구나' 실감했다. 언제 다시 돌아갈지 모르는 고향이 벌써 그리웠지만 아버지가 계시지 않는 그곳은 더 이상 고향은 아니라는 생각이 들었다. 지금부터는 그곳이 어디든, 어떻게든 동생들과 함께 스스로 살아남아야 했다. 인애는 부산여고보 가정 선생이 졸업 당시 권유했던 샬트르 바오로 수녀회가 운영하던 매화동 봉삼 소학교 교원으로 가기로 결심했다. 그곳에 가면 살아갈 방법이 있을 거라는 막연한 희망이 열아홉 소녀가장을 위로 하고 있었다.

쇼케이마루 호는 사람들을 빨아들여 허기를 채우는 괴물 같았다. 시커먼 뱃속 같은 삼등칸은 괴물이 삼킨 먹잇감들이 뒤엉켜 북새통을 이루고 있었다. 인애가 어린 동생의 손을 잡고 어머니와 함께 들어서는 앞으로 말쑥한 차림의 조선인 젊은 부부가 일본인 고등계 형사들에게 끌려 내려와 내동댕이쳐졌다. 험한 욕설과 발길질이 이어졌다. 멀미를 참지 못한 아내를 위해 일등칸을 기웃거리다가 형사들에게 걸려 조선인 주제에 감히 일등칸을 출입했다며 모욕을 당하고 있었다.

병흠 역시 고스란히 목격했다. 조선인에게 일상이 되어버린 멸시와 모욕과 차별이 분하고 억울했다. 그러나 병흠은 나설 수 있는 처지가 아니었다. 무임승선을 한 처지였다. 조용히 기도를 올리기 시작했다.

아니, 멀미를 가라앉히려 잠시 오른 것이 무슨 큰 죄라고 저렇게 사람을 짐짝 다루듯 하는 것일까. 인애는 그냥 지나칠 수 없었다. 발끈하며 고등계 형사를 향해 따지러 가려는데 이미 손목은 어머니에게 잡혀 있었다. 불의를 보면 물불을 못 가리는 성격을 너무도 잘 알고 있는 어머니가 잡아 세운 것이었다. 제발 참으라고, 너마저 잘못 되면 이 어미는 살 수가 없다고.

그렇다. 형편이 훨씬 나아 보이는 젊은 부부를 위해 위험을 감수할 만큼 마음 편한 상황은 아니지 않은가. 지금 자신이 돌보아야 할 사람은 어린 동생들과 어머니였다. 게다가 뱃멀미로 온통 어지러운 바닥을 보고 출발도 전에 어머니는 멀미로 괴로워하고 있지 않은가. 그런 모습에다 동생들까지. 인애는 다시 그들의 등을 쓸어주느라 정신이 없었다. 그러다 한 구석에서 무릎을 꿇고 앉아 묵주를 꼭 쥐고 간절하게 기도를 바치는 한 청년을 보았다. 일말의 동요도 없이 기도를 올리고 있는 허름한 차림의 청년. 눈을 뗄 수 없었다. 그렇게 넋을 놓고 보는데 청년은 정성스레 성호를 긋고 일어났다.

그 뒤로 서슬 퍼런 고등계 형사들이 승객들 사이를 비집고 다니며 이 잡듯이 밀항자를 색출해 몽둥이 찜질을 하고 있었다. 공포에 질린 조선 사람들은 머리를 조아리며 손이 발이 되도록 빌었다. 얼마든지 때려도 좋으니 입국허가서만 써 달라며 애원하고 또 애원했다.

"입국허가서!"

"죄송하지만 없습니다. 승선권도 없습니다."

무시무시한 일본 형사 앞에서 병흠은 유창한 일본어로 고해성사라도 바치듯 묻지도 않은 것까지 이실직고하고 있었다. 인애는 귀를 의심하며 병흠을 보았다.

"무슨 배짱으로 입국허가서는 고사하고 승선권도 없이 배를 탔단 말인가?"

"저는 비록 무임승선한 염치없는 사람이 분명합니다만, 밀항자는 아닙니다. 그러니 입국허가서를 주십시오. 하루빨리 동경에 가서 공부를 마치고 사제가 되어야 하는 신학생입니다. 사정이 급하고 가진 게 없는 가난한 고학생이라 염치불구하고 승선하게 됐습니다. 뱃삯만큼 가는 동안 무슨 일이든 하겠으니 시켜만 주십시오."

인애는 곧 그에게 떨어질 모욕적인 날벼락을, 형사의 모진 매질을 상상하며 마음을 졸이고 있었다. 그런데 어쩐 일인지 형사는 한동안 병흠을 머리부터 발끝까지 훑어보더니 신부가 되겠다는 사람이 무임 승선을 해서야 되겠느냐며 순순히 입국허가서를 써 주고 지나가 버리는 것이 아닌가.

인애는 그의 비범함에 감탄하며 눈을 떼지 못했다. 부끄러움도 잊은 채 병흠을 한참 지켜보았다. 그 순간 자기도 모르게 번지는 미소를 어찌하지 못한 채 병흠과 눈이 딱 마주치고 말았다. 그러나 아무렇지 않은 척 새침하게 돌아섰다.

그 북새통에도 장장 12시간 넘게 걸려 시모노세키 항에 도착했다. 동생들을 안고 잠깐 쪽잠을 자다 깬 인애는 신학생 청년부터 찾았다. 인파에 섞여 하선하는 병흠을 놓치지 않고 멀리서 뒤따르던 인애는 선착장에 도착하자 마자 슬금슬금 발걸음을 늦춰 어머니와 동생들을 앞세우고는 가족들 눈 피해 병흠에게 다가가 조심스럽게 말을 걸었다.

"저 이거."

"이기 뭡니꺼?"

"성모님도 두 번은 안 들어주실 거라예. 여서 동경까지 2천 500리가 넘어예. 열차 타고 가시라꼬예."

"개안심더."

"미안해 하실 거 없어예, 빌려드리는 기라예. 동종업에 종사하는 사람끼리 도우며 살아야 안 됩니꺼, 학.사.님."

"동종업요?"

"지도예… 아직은 아니지만요…. 우야든동 나중에 혹시 만나게 되믄 원금만 갚으심 되예. 그럼."

"아, 아임더. 진짜 개안심더."

인애는 차마 받지 못하고 당황해 얼굴만 붉히는 병흠의 손에 지전 몇 장을 쥐어주고는 돌아서서 뒤도 돌아보지 못하고 달렸다. 어디서 그런 당돌함이 튀어나왔는지 자신도 놀랐다.

"저기요. 말굽니더. 최 말구우! 아니 최병…."

왜 말구부터 튀어 나왔는지 모르겠다. 돈을 갚으려면 어디로 가면 되느냐고 묻고 싶었는데 병흠은 그만 자신의 본명부터 댔다. 고마운 일이었다. 성모님께서 도우신 게 분명했다.

시모노세키 항에 여명이 밝아오고 있었다. 여명은 왜 이리 아름답기까지 한 것인지. 역으로 향하는 길목 우동집에서 나오는 온기와 불빛과 구수한 국물 냄새는 병흠에게 이틀 가까이 꼬박 굶고 있다는 사실을 새삼 일깨워주었다. 천사라고밖에 달리 설명할 길 없는 그녀. 그녀 덕에 따뜻한 우동 한 그릇으로 허기를 달랠 수 있었다.

인애는 다시 청년을 만난다 해도 그를 똑바로 볼 수 없을 것 같았다. 얼굴이 화끈거렸다. 역에 도착해서야 그에 대해 아무것도 아는 것이 없음을 깨달았다. '아 말구, 최 말구?' 제대로 듣지 못했다. 그러나 오히려 잘 된 일이라고 생각했다. 어차피 두 사람 모두 주님의 종으로 평생을 살아갈 사람들 아닌가. 기차는 두 번의 밤을 보내고 2천 5백리를 달려 동경에 도착했다.

우연이란, 당신의 이름을 밝히지 않는 무명의 하느님

동경은 화려했다. 세계 열강을 상대로 전쟁 중임에도 도심 높은 백화점엔 없는 게 없었고, 경적을 울리며 선로를 달리는 전차는 평화롭기까지 했다.

병흠은 주오대 신학부 야간에 들어갔다. 낮에는 일을 해야 했기 때문이었다. 성당에서 만난 하숙집 주인의 식료품점에서 배달을 했다. 자전거를 타는 건 아무것도 아니었다. 고향에서 할아버지 왕진 가방 심부름을 하면서 배운 실력이 한몫했다. 그것으로 먹고 자는 것은 겨우 해결했다.

그렇게 두어 달 지내다가 우연히 배달하고 돌아오는 길에 경시청 앞에서 통계청 직원을 뽑는다는 공고를 보았다. 앞뒤 가리지 않고 지원했다. 시험과목 중 영어는 누구보다 자신 있었다. 그리고 합격했다. 낮에는 통계청 직원으로, 밤에는 신학생으로, 주말에는 성당에서 보내며 병흠의 일본 생활은 1년 만에 안정을 찾아가고 있었다. 그럴수록 시모노세키항의 그녀가 생각났다.

인애는 샬트르 성 바오로 수도회에서 운영하는 명문 시라유리 여학원 전문부에 들어갔다. 천주교 신자였던 마리아이방자 여사가 영친왕의 권유로 추천서를 써 주어 귀족집안의 딸들이나 다닐 수 있는 시라유리 여학원에 입학할 수 있었다. 수도원 입회를 준비하며 조선인 교육단체에서 활동하던 인애에게는 더없는 행운이었다.

여기에다 일본에 건너와 시작한 어머니의 두부집이 자리를 잡은 것도 학업을 이어갈 수 있는 바탕이 되었다. 통영을 떠나올 때 아버지 친구가 마련해 준 돈으로 하코방이 딸린 점포를 얻어 두부를 만들어 팔았다. 큰돈은 못 벌었지만 일곱 식구 끼니 걱정을 면할 정도는 되었다. 콩이 나지 않는 지역에서도 싼값에 살 수 있는 덕분이었다. 모두가 만주에서 온 것들이었다. 만주국에서 거둬들인 콩이 화물열차에 실려 조선을 거쳐 부산항에 내려졌다가 다시 화물선으로 옮겨져 현해탄을 건넜다. 조선에서는 잔칫날에나 겨우 맛볼 수 있는 두부가 일본에서는 흔하디 흔했다.

두부 장사를 떠올린 것은 어머니였다. 시모노세키항에 쌓여 있는 어마어마한 콩 자루를 보고 생각해 내셨다고 했다. 인애도 적극적으로 권했다. 어머니의 손두부는 아버지께서도 좋아하던 음식이었고 통영에서도 맛있다는 소문이 자자했기 때문이었다. 두부가게는 자리를 잡았지만, 어머니는 인애의 도움 없이는 힘에 부쳐 했다.

그러던 어느 날 성당에서 친구가 된 아키코의 성화에 못

이겨 조선에서 온 신학생의 하숙집에 가게 되었다. 아키코는 열 살에 일본인 집에 애보기로 들어가 그 주인을 따라 일본까지 왔다고 했다. 조선 이름은 명자였다. 붙임성 있는 그녀는 주일마다 자신이 돌보던 아가씨를 따라 성당에 왔다가 인애의 친구가 되었다.

그날은 아가씨도 여행을 가 모처럼 자유로운 데다 식료품 배달을 오는 조선인 신학생이 있는데 힘들게 공부하는 그를 신자로서 조금이라도 돕고 싶다고 했다. 자신이 잘하는 것은 청소나 빨래 같은 일이니 그가 성당에 가고 없을 때 얼른 가서 청소를 해주고 싶다고 했다. 남자 혼자 사는 집이 오죽하겠느냐고 오지랖을 떨었다. 내키지 않았지만 같이 가 주기만 해 달라며 매달리는 명자에게 거의 반강제로 끌려가다시피 가게 되었다.

전차를 타고 서너 정거장 가서 도착한 곳은 꽤 규모가 있는 식료품점이었다. 그 점방 2층에 있는 작은 다다미방에 산다고 했다. 인애가 1층 점포 앞에서 기다리는 동안 명자는 빨리 청소만 해주고 나오겠다며 신학생 방으로 올라갔다. 그녀는 주인과도 잘 아는 사이 같았다.

오랜만에 명자의 생기 있는 모습을 보니 기분이 묘했다. 청년 신학생 최말구가 생각났다. '말구 씨는 잘 지내고 있을까?' 가끔씩 떠오르는 그를 인애는 애써 잊으려 하지 않

2부 마드리드에서 날아 온 이메일

았다. 언제나 자신을 웃음 짓게 했으니까.

'그 사람도 동경 어디쯤 살고 있겠구나' 생각하며 고개를 드는 순간 자전거를 탄 최말구, 그가 눈앞에 나타났다. 심장이 멎을 것 같았다.

당신 이름을 밝히지 않은 무명의 하느님이 두 사람 앞에 다시 나타난 것이었다.

운명의 갈림길

도쿄에서 다시 만난 병흠과 인애는 같은 조선인이라서, 또 앞으로 사제와 수도자가 되기로 한 사람이라서 누가 먼저랄 것도 없이 하늘 아래 서로를 가장 잘 이해주는 사이가 되었다. 한 달에 한번 정도 만나 오다이바 해변을 걸었다. 주로 성당 일까지 모두 끝난 주일 저녁이었다. 우동 한 그릇으로 허기를 채우고 무작정 해변을 거닐며 통행금지 사이렌이 울리기 전까지 함께했다.

병흠은 갚을 돈을 항상 주머니에 넣고 나왔지만 언제나 주지 못하고 헤어졌다. 두 번째도 세 번째도 그 다음도 그녀에게 주어야 할 돈은 병흠의 주머니에서 나올 줄 몰랐다. 돈을 주고 나면 다시는 그녀를 볼 수 없을 것 같았기 때문이었다. 인애 역시 돈에 대해서 거론하지 않았다.

돈은 우동 한 그릇이 되고, 우메보시 벤또가 되고, 오차 한

잔이 되어 돌아왔다. 인애는 처음부터 그런 돈은 둘 사이에 없었던 것처럼 행동했다. 돈을 받고 나면 최말구, 그를 다시는 볼 수 없다는 것을 그녀 역시 잘 알고 있었다. 그러나 언제까지 그런 만남을 이어갈 수는 없다는 것을 그녀는 너무나 잘 알았다. 행복했다. 그러나 시간이 지날수록, 서로에 대한 마음이 깊어질수록 자신들이 돌아갈 자리는 하느님 옆자리라는 사실을 분명하게 알고 있었다. 꼭 한번은 겪어야 할 이별이었다.

운명의 시간은 기어이 오고야 말았다. 시라유리 전문부 과정을 마친 인애는 도쿄를 떠나 오사카에 있는 성요셉 수도원에 입회하는 것으로 결정됐다. 병흠은 법학부 전문부를 마치고 상급반에 진학하여 영법학을 전공하기로 했다. '법을 아는 박사 사제'가 되는 길로 더 가까이 가게 된 셈이었다.

그러나 병흠의 여동생 빈센시아가 동경에 있는 베타니아집 수녀원 입회를 위해 찾아오면서 인생은 원하지 않는 방향으로 급선회하기 시작했다. 아들이 동성학교에서 쫓겨나 영원히 사제의 길과는 멀어졌다고 생각한 부모님께서 그의 배필이 될 처자라며 여동생과 함께 한 여성을 보낸 것이었다. 남자가 객지에서 어떻게 혼자 살아가겠느냐며 이왕 사제의 길과는 멀어졌으니 장남으로서의 도리를 다하라는 것이었다. 여동생 빈센시아는 수녀회 입회일에 맞춰 그 처자만 남겨두고 떠나 버렸다.

난감해진 병흠은 부모님의 오해에서 벌어진 일이니 고향으로 돌아가라며 여비를 마련해 주고 집을 나왔다. 성당에서 생활했다. 그러나 그녀는 그 2층 다다미방에서 지내며 청소하고 빨래하고 밥을 짓고 이미 홀로 병흠의 아내가 되어 있었다. 미칠 노릇이었다. 어떻게든 돌려보내기 위해 달래도 보고 애원도 해 보았지만 소용이 없었다. 자신은 고향으로 돌아가도 이미 출가외인이라 갈 곳이 없다고 했다. 어른들의 뜻을 따라달라며 막무가내로 버텼다.

그럴 때마다 병흠의 마음속에 떠오르는 유일한 얼굴은 그녀, 박인애 마리아 로사였다. 무작정 그녀가 있는 시라유리 여학교를 향해 달렸다. 여학교 기숙사 담장 너머에서 창문이 열리기를 기다리며 하염없이 서 있었다. 인애를 잡고 싶었다. 오사카로 떠나지 말고 내 곁에 있어 달라고 애원하고 싶었다.

그러나 그럴 수는 없었다. 서로 가야 할 길이 분명한데 그녀의 길을 막을 수는 없는 것이었다. 가만 생각해 보니 고향에서 온 여인으로 인해 바뀔 것은 아무것도 없다는 생각도 들었다. 분명한 것은 이제 박인애 그녀에게서 받은 모든 것을 돌려주어야 할 때라는 사실이었다. 여태 돌려주지 못하고 망설였던 지전과 함께 그녀의 친절과 미소와 행복한 추억까지 모두 돌려줘야 할 때가 기어이 오고야 만 것이었다.

그를 보았다. 기숙사 방을 올려다보며 서성이는 그 남자, 최병흠 마르코. 일주일 후면 오사카로 떠나는 자신을 보러 온 것이 분명했지만, 인애는 차마 그를 만날 수 없었다. 그를 다시 만나면 다잡은 마음이 흔들릴 것만 같았다. 갈 길이 분명한 그를 위해서도 자신을 위해서도 옳은 일이 아니라고 생각했다.

열리지 않는 자신의 기숙사 방 창문을 오래도록 바라보다 돌아가는 그의 뒷모습이 보이지 않을 때까지 인애 또한 그대로 지켜보기만 했다. 이제 두 사람이 서로를 위해 할 수 있는 일은 기도밖에 없음을 깨닫는 순간이었다.

적국에서 맞이한 광복

인애는 동경을 떠난 지 몇 년 만에 홀로 오다이바 해변을 찾았다. 머리부터 발끝까지 가려준 수녀복도 그녀의 젊음과 아름다움을 모두 가리진 못했다. 곧 패망할 것이라는 소문이 일본인들 사이에서도 당연시 되는 분위기였다. 미군의 공습으로 동경 곳곳은 폐허가 되어 있었다. 오다이바 해변도 예외는 아니었다. 마침내 나가사키와 히로시마에 떨어진 미국의 원자폭탄 팻맨(fat man)과 리틀보이(little boy)는 순식간에 도시를 불태워 흔적도 없이 사라지게 했다.

그는 무사할까? 예정대로라면 그 역시 사제복을 입고 있어야 했다. 그랬다면 인애가 있는 수녀원에서도 모르지 않았을 텐데 도무지 최병흠 마르코에 관한 소식은 들을 수 없었다. 하긴 이제 와서 알게 된들 무슨 소용인가. 부질없다는 생각을 했지만 그의 안위가 궁금했다. 혹시나 적국의 전쟁터에 끌려가는 불운을 겪은 것이 아닌지 걱정도 되었다.

그때 공습을 알리던 스피커에서 믿을 수 없는 방송이 흘러나왔다. 쇼와 히로히토 천황이 패전을 알리며 항복선언문을 낭독하고 있었다. 생생하게 듣고 있으면서도 도무지 실감나지 않았다. 조국 조선이 드디어 광복을 맞는다는 사실이, 그 당연한 결과가 믿기지 않았다.

며칠 후, 인애는 요미우리 홀에서 울려 퍼진 애국가를 듣고서야 가슴 아픈 조국, 조선의 광복을 비로소 실감할 수 있었다. 인애는 수도자가 되기 전부터 조선인 교육에 관심을 가지고 교육사업에 몸담았었다. 광복을 맞아 뜻을 같이 했던 교육 동지들과 동료 수녀들과 광복 기념식을 함께 치르게 되었던 것이다.

미군정의 막강한 영향력 아래 울며 겨자 먹기로 조선의

광복 기념식에 협조하던 일본 정부의 명에 따라 연주를 맡았던 국립 오케스트라 지휘자는 애국가만큼은 연주할 수 없다고 버텼다. 인애는 35년간 조선인을 핍박했던 제국주의의 잘못을 모르는 일본인 지휘자의 후안무치에 화가 치밀었다. 가만히 보고만 있을 수 없었다. 지휘자 앞으로 나서며 그런 태도로 온 것이라면 당신들이 연주하는 그 어떤 곡도 듣고 싶지 않으니 당장 돌아가 달라고 강하게 요구했다.

그녀의 당당한 기세에 할 말을 잃은 지휘자는 자신의 생각이 짧았음을 사과하고 요미우리 홀에서 처음으로 안익태의 애국가를 연주하기에 이르렀다. 인애는 그 감동을 평생 잊지 못할 것 같았다. 홀을 꽉 채운 다른 동포들도 마찬가지였다. 그 감동은 동포들의 희사금으로 이어졌고, 일본 땅에 최초의 조선인 학교를 세울 수 있게 되었다. 훗날 한국에서 교편을 잡고 있었던 인애는 그 학교가 조총련으로 넘어갔다는 소식을 듣게 되었다. 안타까운 일이었다.

믿을 수 없는 한 장의 사진

하루라도 빨리 고국으로 돌아가려는 조선인들과 도망치듯 조선을 빠져나온 일본인들로 시모노세키항은 한바탕 몸살을 앓고 있었다. 인애의 동생들도 어머니와 함께 조선으로 돌아갔다. 두어 달 후 큰동생이 수도원으로 편지를 보내왔다. 고향 통영에는 가지 못하고 경성 동성학교 인근에 작은 점방 달린 집을 얻었다고 했다.

도쿄 다이니치 빌딩에는 미 극동군 연합사령부가 들어섰고 조선에도 군정이 시작됐다. 의외로 일본인들은 맥아더에 열광했다. 그가 쇼와 천황과 찍은 사진 한 장 때문이었다. 그 사진은 일간지마다 실렸고 일본인들은 더글라스 맥아더를 'GHQ(General Headquarters) 막부의 더글라스 맥아더 쇼군'이라는 애칭으로 부르기까지 했다. 사실 그것은 맥아더의 기선 제압용 연출이었다. 일본인들의 우상인 천황 옆에 180센티미터가 넘는 키를 자랑이라도 하듯 짝다리를 짚고 선 맥아더의 모습, 무례해 보이기도 한 이 자유분방한 모습은 일본을 수월하게 통치하기 위한 고도의 심리전이나 마찬가지였다.그런데 결과는 전혀 예상치 못한 방향으로 흘러갔다. 일본인들은 자신들이 떠받드는 천황 옆에서도 '격의 없는' 친근한 이미지의 맥아더에게 홀딱 반했다.

인애를 놀라게 한 사진은 따로 있었다. 연합사령부 최고사령관인 맥아더를 소개하는 사진 가운데 한 장이었다. 요코하마 항 미주리함 안에서 사령관 옆에 선 최병흠의 모습이었다. 병흠은 사진 속에서 낯익은 미소를 짓고 있었다. 사제복이 아니라 군복을 입은 병흠을 인애는 단번에 알아

볼 수 있었다. '군복이라니…! 최말구, 최병흠. 그에게 도대체 무슨 일이 있었던 것일까?'

인애는 병흠이 아직 자신과 같은 하늘 아래 있다는 사실이 믿기지 않을 만큼 기뻤다. 그와 군복, 분명 사연이 있을 듯 했다. 만나면 알 수 있을 터였다. 인애는 망설임 끝에 신문을 들고 요코하마 미 극동군 연합사령부를 찾았다. 신문에 실린 사진을 내보이며 이 사람을 만나려면 어디로 가야 하느냐고 물었다.

사령부의 유일한 동양인이자 조선인을 찾는 것은 그리 어려운 일은 아니었지만, 돌아온 대답은 실망스러웠다. 미스터 최는 이미 한국으로 떠났다고 했다.

전보

여름이 시작되는 유월 중순 시험을 치르고 졸업을 앞둔 마지막 방학이었다. 병흠은 고향에서 전보를 한 통 받았다. 모친께서 위독하시니 어서 집으로 오라는 내용이었다. 똘레를 당한 이후 한 번도 밟아보지 못한 고향이었다. 빈센시아에게 부모님 소식을 들었을 때만 해도 이 정도는 아니었는데 못난 장남 때문에 병을 얻어 건강이 악화된 것 같아 너무나 마음이 아팠다. 병흠은 만에 하나 어머니의 임종까지 지키지 못한다면 죽어서도 용서받지 못할 불효라는 생각에 모든 것을 작파하고 고향으로 향했다.

그를 기다리고 있었던 것은 몸져누운 어머니가 아니라 조촐하지만 정성스럽게 차려진 초례상이었다. 신부는 이태 전 누이동생 빈센시아와 함께 도쿄 하숙집으로 찾아왔던 그 처자였다. 어차피 이 생에서 자신과는 인연이 없는 여자라 생각하여 이름도 묻지 않고 돌려보냈었다. 어떤 사정도 설득도 통하지 않아 한 계절을 성당에서 지내며 하숙방에 들어가지 않는 것으로 모든 것이 정리된 줄 믿었는데, 상상도 못한 일이 벌어진 것이었다.

이번엔 어머니께서 신부가 못될 바엔 신랑이라도 돼야 하지 않겠느냐며 버텼다. 병흠도 물러서지 않고 신랑이 아니라 일본에서는 신부가 될 수 있다고, 이제 얼마 남지 않았다고 설명했지만 믿으려 하지 않았다. 한낱 변명으로 치부해 버렸다. 새아기 여실이는 이제 온 동네에 한약방 집 맏며느리로 소문이 나 다른 곳에 혼담도 넣을 수 없다고 했다. 더군다나 이미 일본에서 초야를 치르지 않았느냐며 질책했다.

말문이 막혔다. 장남의 말이라면 콩으로 팥죽을 쏜대도 믿을 어머니가 병흠의 모든 말을 변명으로 치부 해버린 이유를 그제야 모두 이해할 수 있었다. 병흠은 비로소 자신과 눈도 마주치지 못하고 사색이 되어 고개를 떨구고 앉은 여실을 보았다.

거짓말로 어머니 마음을 움직여 병흠을 고향으로 이끈 장본인, 여실은 그 거짓말이 탄로 날까 안절부절 못하고 있었다. 그때 일본에서는 아무 일 없었다고 하느님께 맹세할 수 있노라고 말씀드리고 싶었지만 그럴 수 없었다. 그랬다 해도 아무 일 없이 어떻게 멀쩡한 처자가 한 계절을 보내고 돌아왔겠느냐고 이치를 따지고 들 게 분명했다.

병흠이 아무 말도 하지 못했던 것은 여실의 무거운 표정 때문이었다. 그의 한마디에 여실이라는 처자가 세상을 하직할 것만 같았다.

병흠은 자리를 박차고 나와 동네 언덕바지 성당으로 달려갔다. 본당 십자가 앞에 엎드려 하염없이 눈물을 흘렸다. 어떤 기도도 원망도 소용없다는 것을 알기에 복받치는 눈물을 그냥 쏟을 수밖에 없었다. 사제의 길은 애당초 허락되지 않았던 것처럼 그가 노력하면 할수록 그렇게 멀어져만 갔다.

송대리 한약방 집 마당엔 일본에서 '박사 신랑'이 되어 돌아온 병흠의 혼례를 축하하기 위해 모인 사람들로 와자했다. 그 가운데 절반은 축하를 핑계로 요기를 때우러 온 사람들이었지만, 모두에게 축하주를 넘치게 따라주었다. 병흠도 사람들이 건네주는 어떤 술잔도 거부하지 않았다. 무작정 받아 마셨다. 모조리 마셔 버렸다. 아무리 마셔도 취기가 오르지 않는다고 생각한 순간, 정신을 잃고 말았다.

다시 송주헌의 오피스텔

'아 놔, 어머님~ 거기서 그러시면 안 되잖아요. 내가 이래서 로맨스를 싫어한다니까'

주헌은 고구마 백 개를 먹은 듯 답답했다.

'참, 최미조 최미동 최미사! 어? 그럼 두 사람 이루어졌다는 건데?'

주헌은 자기도 모르게 청년 최병흠과 박인애의 로맨스에 푹 빠져 버린 게 멋쩍었다. 예나 지금이나 남녀상렬지사는 크게 다르지 않은 것이 신기하면서도 '옛사람들이 요즘 사람들보다 참 순수한 사랑을 하는구나' 하는 싱거운 생각도 들었다. 그러고 보니 삼십 평생을 살면서 연애다운 연애를 해 본 적이 없었다. 경험이 전혀 없지는 않았지만, 자신을 내던지고 달려갈 만큼 빠져 본 여자는 아직 없었다.

주헌은 아직까지 여자보다는 친구가, 친구보다는 혼자가 더 편하고 좋았다. 새벽 3시가 넘었지만 끝까지 읽기 전엔 잠을 잘 수 없을 것 같았다. 이렇게 기습적으로 자신에게 떨어진 최병흠 중령의 일이 인간적으로 궁금해졌기 때문이었다.

굿 모닝 마르코!
– 루치페르의 블루문십자가 프로젝트

병흠이 눈을 떴을 때는 도무지 어딘지 알 수 없는 낯선 곳이었다.

"여어가 어데고?"

모두가 꿈이었나? 신방이 아닌 것은 다행한 일이었지만, 군용 침상 하나만 달랑 놓인 방안에 홀로 누워 있는 것도 있어서는 안 되는 일이었다. 멀지 않은 곳에서 들리는 파도 소리와 끈적한 더위, 뭔가 이상했다. 기타 소리가 들렸다. 몇 해 전, 자신이 성모회 회원들에게 불러주었던 그 노래였다. 병흠은 모골이 송연해져 벌떡 일어나 앉았다. 현기증이 일었다. 그 때 철문을 열고 한 남자가 들어왔다.

"굿 모닝 마르코!"

낯익은 목소리와 얼굴. 그러나 자신이 저 젊은 서양 놈을 알 리가 없지 않은가. 그런데 남자는 자신의 이름을 알고 있다. 아니 모든 것을 알고 있었다. 자신이 의식하지 못하는 사이에 이 믿을 수 없는 일들이 일어날 수 있다는 것 자체가 그를 공포로 몰아넣었다. 신방에 있어야 할 자신이 어딘지도 모를 이곳에 저 젊은 서양 놈이랑 있게 된 것인지… 꿈이 아니라면 설명이 불가능한 현실이었다. 짧은 순간 병흠은 신랑이 되어도 좋으니 꿈이기를 바랐다.

병흠이 서울 신학교에서 쫓겨나도록 편지를 쓴 게 바로 이 남자였다. 프랑스 선교사 신부의 신분과 사인을 훔쳐 조선교구에 편지를 쓴 이 남자는 세계를 무대로 활동하고 있는 점조직 루치페르의 단원이었다.

"놀라셨을 줄 아오. 내가 누구인지 당신이 굳이 알 필요는 없소. 궁금한 것이 많겠지만 질문은 나만이 할 수 있소. 당신이 이곳을 나갈 때가 되면 지금까지와는 완전히 다른 사람이 되어 있을 것이오. 행운을 빌겠소. 참, 이 모든 것이 당신의 조국 조선의 독립을 위한 일이라는 것만 알아 두시오!"(영어)

하룻밤이 아니었다. 혼례를 치르고 열흘이 지난 후라는 것을 그들이 던져준 자신의 가방을 열어 보고서야 알 수 있었다. 혼례를 치르고 다시 일본으로 가려고 꾸린 가방이었다. 도대체 어떻게 이런 일이 일어날 수 있단 말인가? 열흘간의 기억이 통째로 사라졌다. 도통 기억나지 않았다.

그리고 시작된 지옥 훈련. 훈련이라기보다 인간의 한계가 어디까지인가 시험하는 일종의 실험이라고 해야 옳았다. 살아있는 실험도구가 된 느낌이었다. 제일 고통스러운 훈련은 겨우 몸 하나 들어갈 구덩이 속에서 물로만 3일을 버티는 일이었다. 나올 수 없는 것은 물론 잠도 자지 못하게 했다. 구덩이 속에서 모든 것을 해결해야 했다.

'루치페르의 블루문 프로젝트'를 위해 그들에게 '선택된 자'라고 했다. '선택된 자'들은 또 있었지만, 그들과 만날 수 있는 시간은 함께 훈련을 받을 때뿐이었고, 말을 섞는 것도 불가능했다. 서로 다른 인종의 다국적 용사들. 영어를 알아듣는 것으로 보아 영어권 사람들이거나 자신처럼 고등교육을 받은 사람들일 것이라고 추측할 수 있을 뿐이었다. 그들은 이름 대신 숫자로 불렸다.

"우누스(unus) 두오(duo) 트레스(tres) 콰토르(quattuor) 쿠인퀘(quinque) 섹스(sex) 셉템(septem) 옥팅겐티(octingenti) 농겐티(nongenti) 데쳄(decem)."

모두 10명, 병흠은 우누스로 불렸다. 그러고 보니 라틴어 숫자다. 혹시 다른 이들도 자신처럼 사제가 되려던 사람들일까? 확실하진 않았지만 이들을 선택한 자들은 종교와 관련이 있는 게 분명해 보였다. 모두가 잠든 밤 자신들만의 의식 같은 것을 치르는 게 분명했다. 푸른 달 안에 푸른 별로 둘러싸인 십자가를 짊어지고 주문 같은 것을 외며 서로에게 채찍질하고 피 흘리는 기괴한 모습을 보며 병흠은 경악했다. 하루라도 빨리 그곳을 벗어나고 싶었다.

'선택된 자'들은 철저한 통제와 감시, 계획에 따라 움직였다. 서로에 대해 모르는 것이 각자의 안전에 절대 필요하다는 게 그들의 설명이었다. 그곳이 어디인지 오늘이 며칠인지, 지금이 몇 시인지 알려주는 사람은 없었다. 뜨고 지는 해를 보며 나무기둥에 돌로 그어 둔 줄 표식을 보고 그저 짐작할 뿐이었다. 지금껏 살면서 본 적 없는 낯선 나무와 풀들, 특유의 바람 냄새 흙 냄새로 짐작할 뿐이었지만, 태평양 어딘가에 위치한 무인도라는 것밖에는 알 수가 없었다. 나무 기둥의 줄들이 100개가 되던 날에야 병흠은 그곳에서 나올 수 있었다.

"이곳을 나가면 그대들은 이 곳에 올 때와 같이 모든 기억을 잃을 것이다. 그러나 몸은 기억할 것이다. 그대들의 조국을 위하여 마지막으로 한 가지만 제안하겠다. 오늘 해가 지기 전까지 결정하기 바란다. 이곳에 계속 남아 우리와 함께할지 왔던 곳으로 돌아갈지. 우리와 함께한다면 그대들은 그대들 조국의 영웅으로 영광을 누리게 될 것이다."

2부 마드리드에서 날아 온 이메일

'영광 따윈 필요 없다. 무조건 여기서 살아 나가야 한다' 는 생각뿐이었다.

병흠이 돌아온 곳은 도쿄 식료품점 2층 하숙방이었다. 졸업고사를 치른 후 고향에서 온 전보를 받고 떠나 백일 하고도 열흘 만에 돌아온 것이었다. 제일 먼저 눈에 들어 온 것은 최병흠 마르코만의 성물 상자였다. 그동안 모아 두었던 선배 신부님들의 상본들과 묵주, 그리고 사제가 되면 쓰려고 한 푼 두 푼 아껴가며 하나둘씩 사 두었던 양초가 들어 있었다.

이미 의미를 다한 양초들을 필요할 때 쓰시라고 주인집에 줬다. 오랜만에 돌아온 병흠을 반기던 아저씨는 그가 준 양초를 받아들고는 미안해 하면서 술은 입에도 대지 않던 학사님이 혼자서 그렇게 많이 마신 거냐며 걱정했다. 그러다 아차 싶었는지 서품식 대신 혼례를 치르고 온 병흠을 안쓰럽게 보며 성가정을 이루고 사는 것도 주님의 뜻이 아니겠냐고, 몸 상하니 술은 너무 마시지 말라고 위로했다.

술이라니…. 병흠은 술을 마시지 않았다. 그곳에는 술이란 게 없었다. 흐릿한 기억 속에서 누군가가 자신의 팔뚝에 주사바늘을 꽂았던 게 떠올랐다. 병흠은 팔뚝을 보았다. 선명하게 남은 주사 자국이었다.

루치페르단

　대부분 독일법을 전공하는 일본 풍토 속에서 병흠이 영국법을 택했던 것은 세 가지 이유에서였다. 하나는 동성학교에서 쌓은 영어 실력에 자신이 있었기 때문이었고, 또 하나는 그 실력을 좀 더 발전시키기 위해서였다. 무엇보다 중요한 것은 일본의 일부 지식인들 사이에서는 이미 진주만 기습 공격 이후 미국에 패할 것이라는 소문이 암암리에 퍼져 가는 상황에서 병흠 역시 그렇게 되기를 간절히 바랐기 때문이었다. 그렇게 된다면 자신의 영어실력이 조선의 독립을 위해 무언가 할 수 있을 것이라는 기대와 희망이 있었다.

　하늘은 조선의 광복을 베풀어 주었지만, 그의 희망을 다 들어준 건 아니었다. 법을 잘 알게 되었으나 결국 사제가 되지 못했다. 그는 다시 일본으로 건너와 고등고시를 치르고 광복을 맞고 졸업을 하고 시보 변호사로 활동하고 있었다. 그러던 중 우연히 통역을 맡게 되어 미군 사령부와 인연을 맺었다. 일본에 주둔한 맥아더 사령부의 유일한 동양인이자 조선인이었다. 그들은 통역관 '미스터 최'를 좋아했고 실력을 인정했다.

　조선에서도 미군정이 시작되었다. 35년 간 조선을 짓밟고 수탈한 일본은 하나인데 조선은 남북으로 나뉘어 신탁 통치를 받고 있었다. 억울하고도 분통 터지는 일이었지만, 병흠은 분단 조국의 남쪽에서 미약한 능력이나마 보탤 수 있다는 기대를 가졌다.

조선에 대해 지식이 없던 미군정에서 영어와 일본어가 능통한 그는 훌륭한 인재였다. 당시 병흠은 대한민국 해군 법무견습사관에 합격해 번역과장으로 일하고 있었지만, 조국의 실정을 제대로 알리기 위해 맥아더 사령부의 제안을 받아들여 부산시청으로 파견되었다. 그러나 혼자만으로는 역부족이었다.

병흠은 5개월 만에 다시 진해로 돌아갔다. 중위로 해안경비대(해군)에 입대했다. 스스로 제 나라를 지킬 힘이 없는 민족은 언제든 열강의 식민지로 전락할 수밖에 없다는 생각에서였다. 이대로 분단이 고착된다면 섬나라와 다를 것 없는 반도국가에서 해군의 역할이 중요할 것이라 믿었다.

그러나 어수선하기는 해군도 마찬가지였다. 변변한 함정조차 없이 조직된 해군은 부서마다 미국에서 지원되는 보급품을 빼돌려 사욕을 채우는 장교와 장성들로 넘쳐났고, 이로 인해 사병들은 제대로 먹지도 입지도 못하고 고된 훈련을 받아야 하는 실정이었다. 이를 타파하기 위해 병흠은 인사관, 보급관으로 근무하며 파악한 실태를 법무실로 가져가서 해군법 정비에 나섰다.

그즈음 루치페르가 병흠 앞에 다시 그 존재를 드러냈다. 해군 내부의 텔렉스를 이용해 병흠에게 몇 가지 제안을 해왔다.

Unus, How have you been?

You must be the person we are looking for and trust-worthy.

So we offer you.

Although there is only one chance you can decline our offer.

If you refuse, the price will surely be paid someday.

Instead, there are conditions.

If you accept this condition and become Lucifer,

You will be the second president of your country.

1. Abandon your religion.

2. Submit to us.

Isn't it simple?

2부 마드리드에서 날아 온 이메일

We are an organization with more power than you can
imagine.

The world is moving as Lucifero planned.

If you accept our offer,

hang the Blue Moon Cross from your desk drawer around
your neck.

우누스, 그동안 잘 지냈소?

당신은 우리가 찾고 있던 신뢰할 만한 인재요.

그래서 우리는 당신에게 다시 제안하오.

기회는 단 한번, 당신은 우리의 제안을 거절할 수 있지만

만일 거절한다면, 그 대가는 언젠가 반드시 치르게 될 것
이오.

대신 조건이 있습니다.

당신이 이 조건을 받아들여 루치페르가 된다면

당신 조국의 두 번째 대통령이 될 것이오.

1. 당신의 종교를 버리시오.

2. 우리에게 복종하시오.

간단하지 않소?

우리는 당신이 상상하는 그 이상의 힘을 가진 조직이오.
세계는 루치페르가 계획한 대로 움직이고 있소.
우리의 제안을 수락한다면,
당신 책상 서랍 속에 있는 블루문 십자가를 목에 거시오.

병흠은 자신이 사제가 되지 않았다고 해서 주님의 종이
아니라고 생각한 적은 단 한 번도 없었다. 그런 자신에게
'주님'을 버리라고 하는 것은 자기 자신을 버리라고 하는
것과 마찬가지였다. 주님을 버리고는 죽은 목숨이나 마찬
가지인 자신이 대통령이 된들 다 무슨 소용이라는 말인
가! 누군가의 장난질이라고 치부해 버리고 싶었다. 도무
지 현실로 받아들일 수 없었다.

그러나 본능적으로 느껴지는 권위와 왠지 모를 위압감이
그를 짓누르고 있었다. 병흠은 떨리는 손으로 책상 서랍을
열었다. 있었다! 푸르게 빛나는 달 속의 십자가가 푸른 별
들에 둘러싸여 있었다. 온몸에 서늘한 소름이 돋았다. 병흠
은 그 십자가 펜던트를 들고 나가 바닷물에 던져 버렸다.
몰려드는 불운을 모두 떨쳐 버리듯 있는 힘껏 날려 버렸다.

그 때문이었을까? 얼마 후 어렵사리 되찾은 조국에서는
형제의 가슴에 총부리를 겨누는 열강의 대리전쟁이 발발
했다. 최병흠 소령은 연합함대 연락장교로 맥아더 사령부

2부 마드리드에서 날아 온 이메일

와 다시 만났다. 병흠은 어렵게 되찾은 조국을 지키기 위해 한국전쟁에 참전했다. 그리고 그의 인생 전체를 고통으로 몰아넣는 소용돌이의 핵이 되었다.

1950년 9월 13일, 500명의 대원을 이끌고 비밀리에 수행한 청진상륙작전에서 그는 대원 모두를 잃고, 홀로 살아남았다. 작전은 대한민국 역사에 기록 한 줄 남기지 못하고 사라졌지만, 인간 최병흠에게는 지울 수 없는 가혹한 형벌로 남았다. 평생을 죄책감 속에서 살아야 했다.

해적놈, 해적님

"탕탕탕 탕탕"

새벽 바다의 정적을 깨는 총소리가 들렸다. 현해탄 건너 해적놈들이 200해리 경계선을 무시하고 독도 인근 우리 해역으로 들어와 어로작업을 하는 모양이라 생각하며 최병흠 중령은 순시정을 총소리가 나는 쪽으로 돌리라고 명령했다.

공포탄 치고는 꽤 여러 발 잇달아 울리는 게 심상치 않았다. '이젠 공포탄도 겁내지 않고 막무가내란 말인가?' 그렇다면 가만 두어서는 안 되는 것이었다. 애초에 도적놈들에게 염치란 것을 바란다는 게 어불성설이기는 하지만, 한창

전쟁 중인 남의 집에 마음대로 들어와 대놓고 도적질을 하는 일본놈들을 그냥 보고 있을 수는 없었다. 최병흠 중령은 생계형 어로라 하더라도 이젠 절대 용납하지 않겠다고 마음을 굳혔다.

난리 통에 생계가 막막해 밀항하는 우리 어부들을 대하는 일본정부의 태도 때문이기도 했다. 한국전쟁이 장기화되자 먹고 살 길을 찾기 위해 일본으로 잠입한 우리 어부들을 그들은 무조건 잡아들여 감옥에 가두고 혹독한 고통을 주고 있었다. 병흠은 200해리 평화선을 무시하고 독도 인근에서 싹쓸이를 해대는 해적이나 다름없는 일본 어선들을 발견하면, 무조건 나포하라는 지침을 하달하고 실행에 옮겼다. 그야말로 독도를 지키기 위한 또 다른 전쟁을 치르고 있었다.

공포탄 소리가 났던 곳으로 가까이 갈수록 이상한 일이 벌어졌다. 일본 유명 수산회사의 이름을 달고 위풍도 당당하게 또 다른 해군 순시정과 접선하고 있는 최신형 고급 어선. 그리고 거기서 무언가를 받아 선적하고 있는 부하들. 그들은 최 중령의 순시정을 보고도 당황하거나 물러서지 않았다.

단순한 어부가 아니었다. 전쟁의 혼란을 틈타 대마도를 근거지로 해군 내부의 일부 권력과 결탁해 밀수까지 자행하고 있었다. 고급 옷감과 화장품, 술 등 사치품이 주를 이루었으며 심지어는 미군 군표까지 주고받았다. 그야말로 해적놈들이었다. 더 경악하게 한 것은 밀수품을 사들이는 '해적님'들의 행태였다. 버젓이 대한민국 해군 깃발을 나부끼며 '해적선' 단속에 나선 순시선들은 '해적놈'들의 밀수품들을 선적해 국내로 빼돌려 사욕을 채우고 있었다. 해적놈들은 뒷배를 봐주고 있는 우리 '장성급 해적님들'을 믿고 조직적으로 움직이고 있었다. 기가 막힐 노릇이었다.

해적놈들은 본토에서 사치품을 선적해 대마도로 집결시킨 후, 출어선으로 가장해 미리 연락해 두었던 한국 어선과 접선했다. 물물교환 또는 미군 군표로 매입해 귀항하는 어선으로 가장했다. 병흠은 이런 해적질에 대한민국 함선이 조직적으로 움직였다는 사실에 분노했다.

낯부끄러운 '해적님'들이 주로 사용하던 것은 군표였다. 전쟁 중인 상황에서 밀수품과 교환할 변변한 대체물이 없었던 해적님들께서 전후 경제 복구에 열을 올리던 일본에 군표로 환심을 샀던 것이다.

그냥 둘 수는 없었다. 일단 일본 어선의 나포를 시도했다. 사이렌을 울리고 섬광탄을 쏘아 올렸다. 대원들을 이끌고 이번엔 직접 해적놈들 진압에 나섰다. 해적님들의 순시정을 믿고 태연자약하던 일본 선원들은 당황하여 조타실로 숨어들었다. 최병흠 중령에게 이들은 그야말로 그물 안의 오징어에 지나지 않았다. 순식간에 일망타진한 그는 나포한 신형 어선을 앞세우고 귀대를 재촉했다. 그 사이 뒤를 봐주던 해적님들의 순시선은 이미 자취를 감추고 말았다.

나포한 일본 선원들을 취조하면 그들을 잡아들이는 것은 시간문제라고 생각했다. 배 안에는 이미 그들이 받은 군표와 미국에서 지원되는 구호물품까지 증거물은 차고 넘쳤다. 누구도 부인할 수 없는 증거였다.

지금이 어떤 상황인데! 전선에선 내일을 기원하며 목숨을 걸고 싸우는 병사들이 있건만, 흔적도 없이 죽어간 500명의 대원들이 있건만, 어떻게 이토록 파렴치한 범죄를 저지를 수 있는 것인지 분통이 치밀었다. 견딜 수 없는 고통이 몰려왔다. 어떻게 되찾은 조국인데, 어떤 심정으로 적들과 싸우며 목숨을 부지하고 있는데 이런 치졸하고 황당한 일을 벌이고 있는 것인지 납득할 수도 믿을 수도 없었다.

그런데 이상한 점이 있었다. 최병흠 중령의 순시정을 이곳으로 오게 한 공포탄 소리. 그 소리의 출처가 납득되지 않았다. 은밀하게 해상 밀수를 자행하는 상황에서 조용히 거래를 끝내면 그만인 것을 무엇 때문에 공포탄으로 주의를 끌었단 말인가?

"탕탕 타다탕 탕탕."

다시 요란한 총소리가 울렸다. 분명 북쪽이었다. 북 괴뢰군의 기습인가 싶었다. 이번에는 더 가까이에서 들리는 듯했다. 병흠은 그것이 무엇이든 절대 놓치지 않겠다고 다짐했다. 망원경으로 총소리가 들려온 쪽을 살폈다. 가시권 안에 들어온 배는 북 괴뢰군도 일본 어선도 아니었다. 아군의 순시정도 아니었다. 그것은 성조기와 미 해군기를 단 작은 함정이었다. 가까이 갈수록 커지는 여러 발의 총소리. 심상치 않았다. 성조기 옆 깃발이 화이트샤크 기(旗)임을 확인하는 순간 경악할 일이 눈앞에서 펼쳐졌다.

총에 맞은 듯한 시신 십여 구가 배 밖으로 던져졌다. 시신들은 무거운 무언가를 매달고 바닷물 속으로 떨어지며 붉은 피로 물들였다. 순식간에 가라앉아 흔적도 없이 사라져갔다. 순간 그날 밤, 1950년 9월 13일 청진에서의 악몽이 떠올랐다. 빗물에 흥건한 부하들의 피와 살점들, 적의 포탄 앞에서 자신을 살리고 내장을 쏟아내며 죽어간 김귀남 소위. 최병흠 중령은 갑자기 엄습해 온 고통의 무게로 숨을 쉴 수 없었다. 순시정 난간을 붙잡고 겨우 섰다. 구역질이 솟구쳤다.

'도대체 지금 저 함정 안에서는 무슨 일이 벌어지고 있는 것일까? 대한민국 해군이나 수사기관은 어떻게 손을 써 볼 수 없는 성역이라고는 하지만, 대체 무슨 일이 벌어지고 있다는 말인가? 무슨 연유로 상한 물고기 버리듯 사람을 저리 쉽게 던져 버린다는 말인가? 아무리 전시라지만, 어떻게 이런 일이 자행될 수 있다는 말인가? 답답하기만 했다. 정신을 똑바로 차려야 했다. 좀 더 가까이 가서 살펴야 했다.

총을 든 채 갑판에 올라온 남자가 보였다. 분명 동양인이었다. 놀랍게도 낯이 익었다. 병흠의 심장은 쿵쾅거리기 시작했다. 그러나 그가 누구인지 선뜻 떠오르지 않았다. 기억해 내려고 애를 쓸수록 멀어져 가는 희미한 그의 실루엣. 그 위로 총상을 입고 도망쳐 나온 듯한 또 한 사람이 확인. 사살되어 바닷물에 내던져졌다. 그리고 뱃머리를 돌려 아군 진영으로 급히 사라지는 함정.

바다로 던져진 사람들이 군복을 입지 않은 것은 분명했으나, 민간인이라고 확신할 수는 없었다. 병흠은 급히 사람들이 던져진 곳으로 순시정을 이동하라고 지시했다. 안타깝게도 던져진 사람들은 한 명도 찾을 수 없었다. 무거운 무언가를 매달고 떨어진 사람들은 금세 바닷물 속으로 가라앉았다. 흔적도 없이 사라지고 말았다.

그러나 얼마 후 바닷물 위로 떠오른 물건 하나를 건져냈다. 병흠은 경악했다. 그것은 나무로 제작된 루치페르의 상징 블루문 십자가였다. 자신이 몇 년 전 바닷물 속에 던져

2부 마드리드에서 날아 온 이메일

버린 금속 펜던트와 똑같은 것이었다. 병흠은 총을 든 그 동양인 남자를 떠올리려 안간힘을 썼다. 그러나 좀처럼 떠오르지 않았다. 괴로웠다.

화이트샤크 부대는 미 국무성 직속 파견부대인 심리정보부대였다. 일종의 첩보부대와 같은 역할을 했으나 한국전쟁 중에는 한국군이나 민간인을 훈련시켜 정보 수집 활동을 하고 있었다. 주로 이북 출신으로 조직됐으며, 주요 임무는 민간에 떠도는 정보 수집과 후방 교란이었다. 미군 첩보부대의 실력이야 양차 세계대전을 치르며 탁월한 수준을 자랑했지만, 한반도에서는 워낙 눈에 띄는 외모 탓에 암약하기 힘들기 때문이었다. 그렇다면 바닷물 속에 던져진 사람들은 적의 첩자이거나 우리 정보를 적에게 빼돌린 간자일 가능성이 높았다. 그러나 이런 식으로 처리해서는 안 되는 것이었다. 그리고 그들이 지녔던 블루문 십자가는 어떻게 설명해야 할 것인지. 화이트샤크와 루치페르와는 무슨 관련이 있는 것일까?

본부로 돌아온 최병흠 중령에게는 더 황당하고 원통한 일이 기다리고 있었다. 새벽에 나포한 어선은 아군 순시정의 호위를 받으며 일본으로 돌아갔다. 독도 인근에서 조업을 한 것은 맞지만 200해리 제한선 밖이었다는 이유에서였다. 분명 거짓이었다. 배 안에 남아있던 밀수의 증거품들 역시 흔적도 없이 사라졌다. 모든 것이 해군 내부에서 조직적으로 움직이며 처리되고 있음이 분명했다.

게다가 최병흠 중령의 순시 구역에서 발견된 민간인 시신 한 구에서는 그의 관할 하에 관리되던 칼빈 소총 탄환이 나왔다며 직속 부하를 관리하지 못한 책임을 묻겠다고 했다. 그것은 미국에서 들어온 보급품을 부대원들에게 지급하기 위해 운반하는 과정에서 분실된 탄환이었다.

모든 정황들이 병흠에게 경고의 메시지를 보내고 있었다. 무언가 거대하고 깊은 함정에 홀로 빠져 들어가고 있는 느낌이었다. 그의 일거수일투족은 감지되고 있었다. 병흠은 대낮같이 환한 빛을 내며 터지는 조명탄 아래 홀로 발가벗겨진 기분이었다.

200해리 평화선

일부 '해적님들' 배를 불리려고 자신이 그토록 애쓴 것이 아닌데 처음으로 회한이 밀려들었다. 오백 대원을 모두 잃고도 참혹한 심정을 이겨내고 적들과 싸우며 여기까지 왔는데, 자신에게는 왜 이런 말도 안 되는 일만 생기는 것인지 납득할 수도, 그대로 물러설 수도 없었다.

독도를 중심으로 한 200해리 제한선의 경비를 강화했다.

해적놈이고 해적님이고 일단 꼼짝 못할 해군법을 만들기 위해 노력했다. 추이를 지켜 보기로 했다. 우리 어민 보호를 위해 할 수 있는 일부터 시작했다. 2년째 지지부진 휴전 협상이 이어지고 있는 상황에서 이렇게라도 해야 해군 내부에서 자신을 겨누고 있는 총부리를 잠시나마 잊을 수 있을 것 같았다.

그러나 일본 어선의 싹쓸이 조업은 지속되고 있었다. 북으로는 북한 괴뢰군을, 동으로는 해적이나 다름없는 왜놈들을 상대하느라 한시도 마음을 놓을 수 없었는데 해군 내부에서는 말도 안 되는 일이 벌어지고 있다는 게 실감나지 않았다. 자칫했다가는 독도가 일본 놈들의 손아귀로 들어갈 지도 모를 일이라는 위기감마저 들었다. 미군정이 일본의 활동구역 제한선인 맥아더 라인을 지정해 독도를 일본의 어로활동 구역에서 제외시켰으나, 놈들은 일제 시절 우리 해역을 독점하던 습성을 버리지 못하고 빈번하게 침범해 왔다.

사실 병흠은 광복 직후부터 독도에 대한 일본의 야욕에 신경이 쓰였다. 그들은 독도를 해군의 전초기지로 사용하며 중요성을 이미 경험했기에 패전 이후에도 쉽게 포기하지 않을 것이라 생각했다. 그래서 병흠은 자신이 몸담고 있던 해군 법무감실 법제위원회를 중심으로 저명한 법학자와 역사학자들과 긴밀하게 교류하며 독도 영유권의 역사적 근거를 마련하고, 국제법상 타당성을 타진해 각 기관지에 논고를 발표했다.

이는 이승만 대통령이 '200해리 이승만 평화선(이승만 라인)'를 발표하게 만든 초석이 되었다. 병흠이 〈해군〉 지에 발표한 '광복된 독도의 영유권을 주장함'이라는 논고는 역사적으로 보나 국제법적으로나 독도가 대한민국의 영토임을 주장하고 있었다.

이승만 대통령 역시 일본이 1951년 샌프란시스코 강화조약체결 당시 강점했던 국가들과 대한민국의 독립을 인정하며 제주도, 거문도, 울릉도를 비롯한 일체의 영토에 대한 권리와 소유권 및 청구권을 포기한다고 하면서도 거기에 슬며시 독도를 제외한 검은 속내를 알아채고 있었기에 포함시킬 것을 강력히 주장했으나 실패했다. 때문에 병흠을 중심으로 결성된 법제위원회의 독도 관련 활동을 눈여겨보았던 것이다. 이승만 대통령의 '200해리 평화선'은 국제적으로도 큰 반향을 일으키며 각국은 앞다투어 주장하기에 이르렀다.

병흠은 성능 좋은 선박을 앞세워 수산자원을 싹쓸이 해가는 일본에 대한 응징을 시작했다. 그들의 어선을 나포하고 어부들은 잡히는 대로 억류했다. 지난 35년 간 조선인에게 무조건적인 멸시와 폭력을 행사하고 법과 규칙을 무시하고 차별했던 일제에 비하면 이 얼마나 인간적이고 공평무사한 공무처리인지 보여주고 싶었다.

나포된 어선 3백여 척과 감금된 어부 3천 9백여 명을 볼모로 일본 정부와 협상에 들어갔다. 전쟁 중 생계를 위해 일본에 밀항하다 수감된 한국인 4백 70여 명에 대한 영주권과 정착금을 요구했다. 계산기를 두드려 본 일본 정부는 이를 받아들였다. 수감된 한국인에게 영주권과 정착금을 주고 석방시키기에 이르렀다. 쾌거였다.

병흠은 기뻤다. 다음은 '해적님들' 차례라고 생각했다. 쉽지 않겠지만 오랜 시간이 걸리더라도 반드시 잘못을 바로잡을 방법을 법제화하겠다고 다짐하고 다짐했다. 해상에서 벌어지는 밀수는 물론 미국에서 지원되는 군 보급품 빼돌리기, 사관학교의 교육비에 손을 대는 일은 반드시 근절되어야 했다. 이런 식으로 사욕을 채우는 '별님'들이 속속 드러날수록 병흠의 다짐은 안으로 더욱 굳건해져 갔다.

단이와 화이트 샤크 김영휘 소위

드디어 칼빈 총을 든 그놈의 정체가 떠올랐다. 그 얼굴을 이제야 알아차리다니… 병흠은 어이가 없었다. 화이트 샤크가 붙여진 베레모를 쓴 동양인 남자는 분명 김영휘 소위였다.

청륙상륙작전 중에 만난 아이, 9살 단이와 병흠은 보름가까이를 병상에서 지냈다. 그날 헬기에서 내리자마자 심한 고열과 구토에 시달리다 혼수상태에 빠진 아이를 지켜보다 병흠마저 같은 증세로 병상에 누워 꼬박 일주일을 보냈다. 병흠은 그나마 어른인데다 강한 체질이라 증상도 약했고 지속되는 시간이 길지 않아 항바이러스제와 해열제 투여만으로도 회복되었다.

그러나 오랫동안 먹지 못해 기아 상태였던 단이는 사경을 헤맸다. 얼마나 굶었는지 뼈만 앙상한 아홉 살 단이를 다들 예닐곱 살 정도로 생각했다. 그만큼 병세도 깊었다. 군의관도 아이의 목숨은 하늘에 달렸다며 포기 상태였다. 그러나 병흠은 포기하지 않았다. 군의관을 설득하고 또 설득해 치료를 이어갔고, 아이 옆을 지키며 쉬지 않고 기도했다.

아이의 병명은 알 수 없다고 했다. 병흠 역시 전쟁 통에 부모와 형제를 잃은 아이가 오랫동안 굶주리며 바깥 잠을 잔 탓이라고만 생각했다. 그러나 아이의 증상은 전염병이 분명했다. 어쩌면 그날 청진에서 미국이 세균전을 벌였을지 모른다는 생각이 들었다.

자신이 영어를 잘 모를 것으로 생각한 군의관과 상관의

2부 마드리드에서 날아 온 이메일

대화 속에서 그날, 9월 13일 미 공군기의 출현은 단순한 오류나 실수가 아닐지도 모른다는 생각이 들었다. 어쩌면 이것이 대원들을 그곳에 갇힐 운명으로 만든 여러 가지 이유 중 하나였을 지도 몰랐다. 그날, 연합군은 기만작전보다 더 기만적인 세균전을 감행했는지도 모를 일이었다. 그러나 그것은 어디까지나 추측일 뿐 군의관의 몇 마디가 사실을 입증할 만한 근거가 될 수는 없었다.

그날을 떠올리는 것만으로도 다시 견디기 힘든 고통이 저 밑바닥에서부터 올라왔다. 병흠은 그곳에서 부하들과 생사를 함께해야만 했다고 후회하고 또 후회했다. 혼자 이렇게 살아서는 안 되는 일이었다. 그때, 병흠이 잠시나마 고통을 내려놓고 내일을 도모할 수 있도록 용기를 준 것은 바로 단이였다. 오랜 혼수상태에서 겨우 정신을 차린 아이는 병흠부터 알아봐 주었다.

"아저씨 고맙습네다. 저를 살려준 아저씨 맞디요? 이 은혜는 잊디 않갔습네다… 아저씨도 저를 잊디 마시라요. 저는 단이야요. 아홉 살 장단이."

자신을 잊지 말아 달라는 단이의 그 말이 병흠에게는 그렇게 힘이 될 수가 없었다. 마치 김귀남 소위가 마지막 순간 병흠에게 당부했던 말 같기도 했고 그곳에 남겨두고 온 500의 대원들이 단이를 통해 전하는 말 같았다. 잊을 수가 없었다.

그러나 아이의 병증은 악화됐고 신장 기능에도 이상이 생겨 전쟁 중인 한국에서는 더 이상 치료할 수 없었다. 병흠은 단이를 위해 맥아더 사령부에서 알게 된 인맥을 죄다 동원해 살릴 수 있는 방법을 찾았다. 이 아이마저 살리지 못한다면 자신은 더 이상 아무것도 할 수 없는 무력한 인간이 될 것 같았다.

다행히 다리 부상으로 본국 송환을 기다리고 있던 마이클 조이 소장이 단이를 맡겠다고 찾아와 주었다. 그때 그 옆에 따라 나왔던 자가 바로 김영휘 소위였다. 그 자가 무슨 이유로 마이클과 동행했는지는 알 수 없었지만, 단이가 야전병원을 떠날 때까지 함께 했다. 병흠은 다음 작전 때문에 단이가 떠나는 것을 볼 수 없었지만 아이가 미국으로 갔다는 소식을 들을 수 있었다.

그렇다면 김영휘도 그때 미국으로 떠났다는 말인가? 어떻게 미국 심리정보 부대에 들어갈 수 있었을까? 그곳에서 왜, 무슨 이유로 수많은 민간인을 총으로 쏴 죽였을까? 그러고도 어떻게 무사할 수 있었을까? 병흠은 화이트 샤크의 권총을 든 자가 누구였는지 겨우 알게 됐지만 그로 인해 김영휘에 대한 의문은 더해 갔다.

'단이는 건강해졌겠지? 아직 미국에 살고 있을까? 한국

2부 마드리드에서 날아 온 이메일

으로 돌아왔을까?'

갑자기 단이를 보고 싶었다. 병흠은 아홉 살 단이를 잊은 적이 없었다. 그 아이는 아주 귀중한 선물을 주고 갔기 때문이었다.

병상에서 겨우 기운을 차린 단이는 병흠에게 그림을 그려 주었다. 무슨 보물지도 같기도 한 그림이었는데 자신이 내는 수수께끼니 꼭 혼자서 풀어야 한다고 당부하며 주었다. 그림 지도 아래에는 어미 상어와 아기 상어도 있었다. 아기 상어 아래에는 화살표를 해 놓고 단이라고 적는 것도 잊지 않았다.

그리고 두 번째 수수께끼라며 단이라고 적은 옆에 이상한 부호를 적었다. 이후 그것은 러시아어 알파벳이라는 것은 알아냈지만 사전을 뒤져도 알 수 없는 단어였다. 병흠은 단이의 가정이 평범한 집안은 아니었을 것이라고만 짐작했다.

그러나 한 달 후 첫 번째 수수께끼를 풀고 나서 단이는 하늘이 내린 천재가 아닐까 생각했다. 그림은 바로 원산 해저에 북 괴뢰군이 설치한 기뢰 지도였던 것이다. 병흠이 목숨을 걸고 적진에 침투해 얻어낸 기뢰 정보의 일부와 정확히 일치했다. 그 어린 아이가 어떻게 그것을 직접 그릴 수 있었을까. 풀지 못한 두 번째 수수께끼와 함께 병흠에게는 난제로 남아 있었다.

재회

전쟁이 끝나고 인애는 일본 살레시오 수녀회 소속 성미
학원의 교사로 근무하던 인애는 어느 날 우연히 '한국에는
지도자도, 미래를 도모할 교육자도 부족하다'는 내용의 신
문기사를 보았다. 불현듯 아버지 생각이 간절했다. 아버지
박영치의 피가 자신에게도 흐르고 있었던 것이다. 잿더미
가 된 조국을 일으켜 미래를 책임질 아이들에게 스스로 판
단하고 행동할 수 있도록 새로운 교육을 펼쳐야 한다는 생
각이 들었다.

인애의 마음은 급해졌다. 안 그래도 건강상태가 악화돼
고민하던 인애는 퇴회로 마음을 굳히고 귀국하기로 결심
했다. 통영 '박 고사'의 맏딸답게 교육자가 되어 조국 재건
에 도움을 주고 싶었다. 한국에 살레시오 수도회를 창설하
고 학교 설립을 서두르던 수녀들과 1957년 드디어 고국에
돌아왔다. 그러나 실정은 생각했던 것보다 훨씬 열악했다.
수도회 학교 설립은 무기한 연기됐고, 인애는 일반 학교에
서 교편을 잡을 수밖에 없었다.

교단에 서는 첫날, 믿기지 않는 일이 일어났다. 인애 앞에

최말구, 병흠이 나타난 것이었다. 신문에서 보았던 그 해군 복을 입고 있었다. 이 남자는 모를 것이다. 시라유리여학원 건물을 바라보다 힘없이 돌아가던 그의 뒷모습이 보이지 않을 때까지 가슴 아프게 지켜보고 있었다는 것을. 맥아더 옆에 선 그 모습이라도 다시 볼 수 있을까 해서 하루도 빠지지 않고 맥아더 기사를 찾아 읽었다는 것을. 그는 웃고 있었지만 그늘이 드리워져 있었다. 세월 탓만은 아니었다. 그동안 무슨 일이 있었던 것일까?

병흠은 많은 게 달라져 있었다. 부모님이 맺어 준 짝과 혼인을 했으나, 실패했노라고 했다. 아이들은 고향의 부모님과 함께 지내고 있다고 했다. 미안하고 또 미안하지만 당신을 사랑하는 마음을 멈출 수는 없노라고 했다. 그만 만나자는 그 말만 빼고 다 들어 줄 수 있노라고 했다. 인애는 그를 바라보며 말없이 웃었다. 그냥 웃었다. 행복하다고 느꼈다.

병흠은 그렇게 그리던 인애를 앞에 두고도 편하게 웃을 수 없었다. 기쁨에 벅찼지만 마음껏 웃을 수도, 선뜻 다가갈 수도 없었다. 가까이 다가가면 그녀가 연기처럼 사라지는 꿈일 것만 같았다. 인애가 퇴회를 하고 한국으로 돌아왔다는 소식을 듣고 진해에서 서울까지 기차와 버스를 몇 번이나 갈아타고 마음 졸이며 달려왔는데, 불과 몇 걸음 앞에서 있는 그녀와 자신의 거리가 밤새 자신이 달려온 거리보다 더 멀게만 느껴졌다.

　초혼에 실패한 처지로 그녀와 이루어질 수는 없지만 한번은 만나볼 수는 있는 것 아니냐고, 그냥 보기만 하면 되지 않느냐고 합리화시키며 달려왔건만, 막상 눈앞에 서 있는 그녀를 보니 자신이 한없이 초라하게만 느껴졌다.

　그러나 그녀를 다시 떠나보내는 것은 자신에 대한 기만행위라고, 어서 잡으라고 또 다른 자신이 속삭이는 것 같았다. 용기를 냈다. '지금 이 순간만큼은 스스로 선택하고 원하는 만큼 이루고 싶었다. 한번은 그래도 되는 것이 아닌가.'

　먼저 다가와 그의 두 손을 꼭 잡은 사람은 인애였다. 그리고 그녀는 담담하게 말했다.

　"일본에서 나를 당신에게 보내신 것은 당신의 이름을 밝히지 않은 무명의 하느님이 만드신 우연이었지만, 오늘 당신을 내게 보내신 것은 제 기도에 대한 하느님의 응답이라고 생각해요."

2부 마드리드에서 날아 온 이메일

독초 이새봄

"하, 뭐 이런 사랑도 다 있네! 엄마와 나의 생부도 이렇게 사랑했을까?"

새봄은 이런 간절한 사랑 앞에서 왜 한 번도 본 적 없는 생부와 엄마를 떠올렸는지 알 수 없었다. 후회했다. 사실 새봄은 부모에 대해서 아는 게 많지 않았다. 생부 집안의 반대가 두려워 엄마가 홀로 도망쳤다는 사실 뿐.

그러나 사랑한다고 해서 모든 것이 양해되고 용서되는 것은 아니다. 간절한 사랑은 어떤 상황에서도 서로를 책임져야 되는 것이니까.

새봄에게 두 사람은 그냥 도망자일 뿐이었다. 사랑으로 인한 고난 앞에서 달아나기 바쁜 겁쟁이들. 어쩌면 자신은 그냥 두 남녀의 욕정의 결과물이었는지 모른다고 생각했다. 자신이 이렇게 살아 있는 것은 양심적인 한 여자의 훈장 같은 것쯤이라는 게 맞을 거라고, 자신이 무슨 그리스 신화의 데메테르라도 되는 것처럼 얼마나 고결한 모성을 지녔는지 확인하며 스스로 위로받는 모습이 역겨워 미칠 지경이었다.

새봄은 자신의 존재에 대한 근원적인 갈증을 홀로 낳아 기른 엄마에 대한 애증으로 쏟아내고 있었다. 엄마와 단 둘이 살던 집을 나올 때만 해도 잠시 떨어져 있으면 괜찮을 줄 알았다. 밑도 끝도 없는 원망이 좀 사그라들 줄 알았다. 그러나 아니었다.

'나는 태어나지 말았어야 했다. 아니 나를 낳지 말았어야 했다.'

포식자로부터 멀리 도망칠 수 없어 독을 품게 됐다는 독초처럼 새봄은 자신에게서 희망을 먹고 살아가는 엄마로부터 영원히 도망칠 수 없어 애증으로 가득 찬 독초가 되어 가고 있는 듯했다. 아니 그렇게 밤마다 두 평 남짓한 고시원 방안에서 그녀는 스스로 독을 먹고 자라는 독초가 되었다. 그것이 자신을 해치는 독이 될 수도 있다는 사실을 모른 채.

2부 마드리드에서 날아 온 이메일

블루문 십자가, 그 저주의 시작

병흠은 기어이 자신을 괴롭히는 상관의 뺨을 올려붙이고 말았다. 몇 년 전 '해적들'과의 은밀한 밀수 현장이 발각된 이후 부대 내에서는 병흠에 대한 이유 없는 괴롭힘이 심해졌다. 처음에는 은밀한 회유로, 그 다음은 회유인지 협박인지 모를 당근으로 항상 그를 주시했다. 그러나 병흠은 무반응으로 일관하며 해군법 개정에 공을 들였다. 자신이 저 높은 별들을 상대해 싸울 수 있는 길은 그것뿐이라고 생각했다. 그러나 그럴수록 괴롭힘의 강도는 수위를 높여 조직적이고 계획적이고 치졸하게 그의 입지를 압박해 왔다.

부대를 뛰쳐나와 하염없이 먼 바다를 바라보고 서 있었다. 루치페르의 십자가가 떠올랐다. 바닷물 속 깊이 던져버린 그 말도 안 되는 불운의 십자가. 그런데 그것이 언젠가부터 스멀스멀 살아 움직이며 자신을 지옥으로 밀어 넣고 있는 것 같았다. 루치페르단이 주변을 맴돌고 있는 것처럼 느껴졌다.

전쟁이 끝난 후 병흠은 단이의 소식이 궁금해 마이클 조이를 찾으려 수소문해 봤으나, 어떤 일인지 소식이 닿지 않았다. 김영휘도 마찬가지였다. 그 셋 가운데 누구든 다시 만날 수만 있다면 실마리가 풀릴 것도 같았다. 군복 주머니에서 단이가 남기고 간 수수께끼 지도를 펼쳤다. 아직 풀지 못한 두 번째 수수께끼가 눈에 들어왔다. 답답하고 안타까웠다. 병흠은 조용히 하늘을 향해 성호를 그었다.

그가 한국전쟁이 끝나고 5년이 지나도록 군복을 벗지 않은 이유는 단 하나였다. 1950년 9월13일 밤 대원들과 한 약속을 지키기 위해서였다. 살아남아 그들의 명예로운 죽음을 꼭 세상에 알리겠다는 약속이었다. 청진으로 보낸 '작전명령서'만 찾으면 쉽게 끝나는 일이었지만, 어디에서도 그걸 찾을 수 없었다. 심지어 조국을 구하고자 자진 입대한 부하들의 병적조차 찾을 길이 없었다. 그나마 김귀남 소위와 소대장급 지휘관들의 병적은 아예 탈영이나 실종으로 처리되어 있었다. 분노로 지새운 밤이 숱했다.

그러나 누구도 귀담아 들어주지 않았다. 증거를 가져오라는 말만 되풀이 했다. 게다가 그동안 자신이 해군에 쏟아 부은 노력들조차 다른 자들의 공이 되었고, 심지어 몰아내려는 음모가 진행되고 있었다. 그 음모가 성공을 향해 치달으면서, 병흠 스스로 그 모든 것으로부터 떠나가게 만들고 있었다.

이제와 생각하니 시작은 자신의 공적을 치하하는 미주리호 선상에서 시작된 것이나 마찬가지였다. 그날, 청진상륙작전을 치하한다며 병흠에게 거액의 상금과 브론즈 스타상을 수여하는 수훈서에 '1950년 10월15일부터 22일까지'

2부 마드리드에서 날아 온 이메일

라고 못을 박고는 '귀관은 적의 첨예한 침공지역에서 아군의 작전을 진두지휘하며 매우 중요한 첩보를 수집하였으며, 그 외 그 가치를 측정할 수 없는 정보를 연합군 측에 전달함으로써 원산상륙작전을 성공시키는 데 혁혁한 무훈을 세웠음'으로 일관했다.

청진상륙작전에 관한 것은 언급조차 않으며 '그 외 그 가치를 측정할 수 없는'이라는 말로 거액의 상금까지 곁들여 회유한 거였다. 병흠은 순순히 받을 수 없었다. 훈장과 수훈서는 받자마자 바다에 던져 버리고 상금만 챙겨 자리를 박차고 나왔다. 그것으로 그때까지 변변한 교사가 없던 통제부종합학교(해군사관학교) 교사를 짓고 인쇄공장을 세웠다. 부하들을 세상에 알리겠다는 약속을 반드시 지키겠다는 일종의 의식이었다. 앞으로 대한민국의 바다를 책임질 지킬 후배들에게 청진에서 잃은 대원 500명의 값진 희생을 알리고 기록으로 남기고 싶었다.

그러나 지금은 다 부질없는 짓이 되고 말았다. 통제부종합학교 교사를 세운 것도 인쇄공장을 세운 것도 이미 다른 사람의 공적으로 둔갑해 있었고, 해군 비리를 바로 잡고 이유 없는 폭력을 근절하기 위해 해군법무관회의의 심의를 거쳐 국방부에 올린 해군법 91개조의 초안들도 특별한 이유 없이 모두 반려됐다. 상관들은 법안들 가운데 유독 해군 보급창령, 그 중에서도 조달처령을 거론하며 견디기 힘든 모멸감을 주며 괴롭히기 시작했다. 미국에서 들어오는 보급품 횡령과 밀수, 해군사관학교 교육비 횡령은 그들의 큰 부수입원이었기 때문이었다.

해군본부 법무감실 법원 상임간사로 근무하던 병흠에게 아무 업무도 주지 않고 함대로 보내버리더니, 해군대학 교재부서 서울 분원으로 발령을 내 중심에서 최대한 먼 곳으로 전출시켜 버렸다. 부당한 전출에도 군인으로서 침묵할 수밖에 없었다. 급기야 서울 분원으로까지 연락해 하루아침에 책상을 치워버리고 인신공격까지 서슴지 않았다.

"어이 최병흠 중령, 당신 눈엔 우리가 다 도둑놈으로 보이나? 어디서 혼자 고고한 척인가?"

"내 말이 그 말이잖여. 한 개밖에 없는 목숨 걸고 나라 지켰음 이 정도는 보상이다 생각혀도 되는 거 아녀?"

"왜? 오백 명 목숨 값을 상금이랍시고 꿀꺽 하고 나니까 이깟 보급품 정도 빼돌리는 걸로는 성에도 안 차시나?"

어떤 심정으로 살고 있는데 오백 명을 운운한단 말인가! 병흠은 부하들을 싸잡아 모욕하는 소리에 더는 참지 못하고 주먹을 날리고 말았다. 상관은 그대로 기절해 버렸다. 본능적으로 상대의 급소로 주먹을 뻗은 것이었다. 몸은 아직 특수 훈련을 아직 기억하고 있었다. 그 길로 자리를 박차고 나왔다. 놈은 한 시간 내로 깨어날 것이었다.

원칙대로라면 군사재판에 회부되었겠지만, 그 자리에 있었던 누구도 그 일을 발설하지 않았다. 병흠을 전역시키는 것으로 마무리하고는 끝까지 쉬쉬했다. 눈엣가시였던 것은 사실이나 자신들의 비위를 모두 알고 있었기에 득보다 실이 많다는 계산이었을 터였다. 병흠은 모든 것을 터뜨리고 싶은 마음이 굴뚝 같았지만, 잠시 시끄러웠다가 꼬리만 잘리고 말 것을 알기에 그만두었다.

진짜 원통한 것은 청진에서 잃은 부하들의 명예를 되찾아 줄 군적과 작전명령서를 찾지 못하고 나오게 됐다는 사실뿐이었다. 그러나 어쩌면 밖에서 찾는 것이 더 쉬울지도 모른다는 생각에 희망을 버리지 않았다. 다만 부하들의 목숨을 훔쳐 승승장구하는 자들을 지켜보는 것이 치가 떨리도록 힘들었다.

병흠은 덕수궁 인근에 작은 변호사 사무실을 열었다. 억울한 일을 당하고도 돈이 없어 고통을 받는 사람들을 위해 무료 변론을 자처했다. 군 생활과는 또 다른 활력이 느껴져 좋았다.

그 즈음 사무실로 뜻밖의 손님이 찾아왔다. 사복을 입고 찾아온 그를 병흠은 금방 알아보지 못했으나, 목소리를 듣고서야 겨우 알 수 있었다. 자신을 괴롭히던 별님 중 한 명인 이도권 소장이었다. 살아남기 위해 시키는 대로 했을 뿐이라며 자신을 이해하고 용서해 주기 바란다고 손을 잡았다. 곧이곧대로 들리지는 않았으나, 병흠은 주님의 뜻에 따라 그를 용서하기로 마음먹었다.

변호사 개업을 하고도 변변한 양복 한 벌 사 입을 형편이 못 되어 군복을 입고 있던 병흠과 현역임에도 고급 양복을 빼입고 나온 이도권은 서로 멋쩍은 웃음을 지었다. 그는 사과의 의미로 조촐하나마 저녁을 사겠다며 한사코 마다하는 병흠을 이끌었다. 내키지 않았지만 행동하지 않는 용서는 진정한 용서가 아니라고 했던 아내 마리아 로사의 말이 떠올라 못 이기는 척 따라나섰다. 옛 동료와 밥 한 끼 먹는 것이 뭐가 그리 큰일인가 싶기도 했다.

이도권이 이끈 곳은 식당이 아니라 경무대 옆 한적한 곳에 있는 요정이었다. 겉으로 봐서는 잘 지어 놓은 한옥처럼 보였으나, 안으로 들어서니 미군들이나 드나들 법한 서양식 클럽과 같았다. 들어서자 마자 고혹적인 여자들이 다가오며 반겼다. 그 가운데 한 명이 이도권의 손을 잡고 무대로 이끌었다. 다른 한 명은 병흠에게 다가와 와인 잔을 건넸다.

병흠은 이도권의 사과에 뭔가 노림수가 있었구나 싶어 불쾌해지기 시작했다. 뒤도 돌아보지 않고 돌아서려는데 어디서 나타났는지 흰 드레스를 입은 묘령의 여자가 다가와 다급하게 속삭였다.

"지금 나가면 위험해요, 최 소령님."

'소령님? 누군데 나를 아직 소령으로 부르는 것인가?'

"지금 나가시면 죽을지도 모른다구요."

그러더니 이도권의 눈을 피해 팔짱을 끼고 어디론가로 이끌었다. 여인의 손에 이끌려 간 곳은 외부와 이어진 지하 비밀 통로였다. 그녀는 이곳을 빠져나가면 무조건 경무대 방향으로 달리라고 했다.

"당신 누구요? 누군데 내를 돕는 깁니꺼?"

"그냥 소령님을 잘 아는 사람이라고 해 두죠. 시간 없어요. 어서 나가셔야 해요."

서둘러 통로를 빠져나온 병흠이 뒤를 돌아봤을 때 이미 여인은 흔적도 없이 사라진 후였다. 머뭇거리는 병흠에게 어디선가 다급한 목소리만 들렸다.

"도망쳐요, 어서!"

병흠은 경무대 불빛을 따라 정신없이 달리고 또 달렸다. 도대체 무슨 일이 일어난 것일까? 그녀는 누구인가? 누군데 날 아직도 소령님이라고 부르는 것일까? 한참을 달리다 뒤를 돌아보니 그 한옥은 불길에 휩싸여 있었다.

그녀가 아니었다면 저 불길 속에서 생사를 달리했을지 모를 일이었다. 여자는 불이 날 것을 이미 알고 있었던 것일까? 누가 나를 노리고 있었던 것일까? 이도권이 벌인 짓이라고 하기에는 너무 대범하고 치밀해 보였다. 이도권은 어떻게 되었을까? 꼬리를 무는 의문에 병흠은 한동안 집에서도 사무실에서도 마음을 놓을 수 없었다. 아내에게조차 털어 놓지 못하고 불안한 마음을 잠재울 수 없었다.

조간 석간 가리지 않고 뒤져 보았으나 단 한 줄의 기사조차 실리지 않았다. 며칠 후 다시 찾아간 그곳은 이미 흔적도 없이 사라지고 없었다. 처음부터 아예 그런 곳은 없었던 것처럼. 그러나 이 사건이 일종의 경고였다는 사실을 깨닫는 데는 더 많은 시간이 필요했다.

한동안 병흠과 그 가정에도 평온이 깃든 듯했다. 인애와의 사이에서 첫 딸 미사가 태어나고, 둘째딸 미조가 태어났다. 막내 미동까지 태어나면서 병흠과 인애는 아이들이 주는 소소한 기쁨에 웃음 짓고 평범한 행복에 감사했다. 미조가 태어나면서부터는 아내의 강의도 늘고 무료 변론이었지만 그에게도 의뢰인은 끊이지 않았다. 더도 말고 덜도 말고 이런 나날들이 지속되기를 바랐다.

인애에게 행운도 따랐다. 그녀의 오랜 꿈을 실현할 기회가 왔다. 인애는 아버지처럼 어려운 사람들을 위한 교육기관을 열고 싶어 했는데, 서울에서 조우한 부산여고보 은사가 자신이 살던 집을 시세보다 싼값에 내놓았던 것이다. 한남동 목 좋은 곳에 자리 잡은 2층 양옥은 아이들과 함께 살면서 교사로 쓰기에 부족하지 않은 규모여서 망설일 이유가 없었다. 까다롭다는 문교부 인가도 받았다. 〈한국가정학관〉이라는 현판도 걸고 수강생을 모집했다. 인애는 YMCA 못지않은 교육기관을 이루고 싶어 했다. 야학도 열었고 일본어, 한국무용, 꽃꽂이, 재봉틀 등 기본적인 학제를 갖추고 강의를 시작했다.

그즈음 집 앞으로 검은 세단이 찾아왔다. 말쑥한 차림의 남자는 출근하는 병흠 앞으로 나서며 현 정권을 위해 모시러 왔노라고 정중히 말했다. 대통령을 모시고 있는 비선 활동가라 소개하며, 장면 선생과의 친분도 이 대통령의 신뢰도 익히 알고 있노라고 했다. 그는 현 정부에도 능력을 나눠달라며 간곡하게 부탁했으나, 병흠은 그것이 부탁이 아니라는 걸 직감적으로 알았다.

정치에 뜻이 없다며 다시는 자신을 찾아오지 말라고 단호하게 거절의사를 밝혔다. 검은 세단의 남자 역시 굴하지 않고, 근 한 달을 같은 시간에 찾아왔다. 끝내 병흠이 뜻을 굽히지 않고 별 반응을 보이지 않자 마지막으로 제안한다면서 비선에서 자신을 도와주면 그동안 반려된 해군법도 병흠의 뜻대로 이루어질 것이며, 아내의 〈한국가정학관〉

은 앞으로 대한민국에서 손꼽히는 사학명문으로 키워주겠다고 했다. 언제까지 아무도 알아주지 않는 '군복 입은 거지 변호사' 노릇으로 위로하며 살 거냐고 협박인지 회유인지 비아냥인지 모를 말로 자극했다. 예쁜 딸들도 남부럽지 않게 키우고 고향에 있는 세 딸들도 아버지 덕을 좀 보고 살 것 아니냐고. 인간 최병흠에 대한 모든 것을 꿰고 있다는 사실을 알렸다.

그것은 위협이었다. 병흠이 끝까지 무반응으로 일관하자 명함 한 장만을 남기고 사라졌다. 명함에는 전화번호와 조대홍이라는 이름 석 자만 적혀 있을 뿐이었다. 병흠에 대한 모든 것을 꿰고 있는 이 남자. 그도 루치페르가 아닐까 하는 의심이 들며 심장 한 켠이 쿵 내려앉는 듯했다. 담판을 짓고 싶었다. 그러나 그는 병흠의 그런 마음을 꿰뚫어 보고 있었다는 듯 다시 나타나지 않았다. 한 달 가까이 집 앞으로 찾아와 병흠을 기다리던 검은 세단도 보이지 않았다. 평온한 일상으로 되돌아온 듯 싶었다. 개운치 않은 여운이 남았지만 단순한 해프닝이라고 치부하고 싶었다.

1년도 넘기지 못하고 아내의 〈한국가정학관〉은 문을 닫게 되었다. 은행에 저당 잡힌 집을 은사님이라는 이름에 속아 따져보지도 않고 샀던 것이 화근이었다. 몇 년 고생이 순식간에 물거품이 되어 사라진 것도 충격이었지만, 인애는 사제지간도 믿지 못한다는 사실에 큰 상처를 받았다. 병흠은 병흠대로 변호사 남편을 두고도 사기를 당하게 된 것이 모두 자신의 불찰인 것 같아 면목이 없었다. 얼마 후 집달관들이 들이닥쳐 쓸 만한 살림살이들엔 죄다 차압 딱지를 붙였다.

병흠과 인애는 어린 딸들을 데리고 거리로 내몰렸다. 오갈 데 없어진 그들은 아이들을 데리고 여관으로 갔다. 병흠이 불현듯 다시 떠올린 것은 검은 세단의 남자와 블루문 십자가였다. 모든 게 우연이 아닌 것 같았다. 두려워지기 시작했다. 자신에게 가해지는 불이익과 시련은 얼마든지 견뎌낼 수 있지만, 이젠 아내와 어린 딸들에게까지 마수가 뻗친 것 같아 무서웠다.

불길한 시그널은 또 있었다. 두어 달 전 한 수강생이 남기고 간 꽃꽂이 작품이었다. 병흠은 그 작품을 눈여겨 보았었다. 인애는 참 개성 있는 작품이라며 응접실에 옮겨 놓았지만 온통 쪽빛 꽃으로 형상화한 무언가! 생각해 보니 그것은 블루문 십자가였다. 루치페르단이 자신 곁으로 바싹 다가온 것 같았다. 우발적인 사건일 뿐이라고 치부하기엔 너무도 체계적이고 집요하게 느껴졌다.

가만히 앉아 당하고 있을 수만은 없었다. 병흠은 비선 실세라던 그가 남기고 간 명함을 찾았다. 조대흥. 서랍 깊숙이 넣어두었던 명함. 전화를 걸었다. 그러나 뜻밖에도 그곳은 '연정'이라는 요정이었다. 마담인 듯 보이는 젊은 여자가 전화를 받았다. 병흠은 실수로 잘못 연결된 전화라고 생각했지만 아니었다. 누군가의 장난에 놀아났구나 싶어 불쾌하기도 했고 한편으로는 안심이 되기도 했다. 확실히 해두고 싶었다. 그래서 혹시나 하는 마음으로 자신의 이름을 밝히고 조대흥이라는 사람을 바꿔 줄 수 있느냐고 물었다. 젊은 여자는 망설임도 없이 바꿔 줄 테니 잠시만 기다리라고 했다. 머리부터 발끝까지 온몸의 피가 빠져나가는 듯 짧은 순간 현기증이 일었다. 잠시 후 수화기 너머에서는 다른 여성의 목소리가 들려왔다.

"최병흠 소령님, 서울을 떠나세요. 떠나지 않으면 가족까지 위험해져요. 그리고 다시는 이 번호로 전화하지 마세요. 제가 소령님을 돕는 마지막 기회입니다."

병흠은 그 목소리를 기억하고 있었다. 자신을 '소령'이라고 부르던 여자. 몇 년 전 이도권을 따라간 클럽에서 자신을 구해 주었던 그 묘령의 여자였다. 그러나 막연한 두려움으로 떨고 있을 수만은 없다는 생각이 들었다. 병흠은 '연정'이라는 상호와 전화번호 앞자리로 그 위치를 추적해 들어갔다. 찾는 것은 그리 어려운 일이 아니었다. 놀랍게도 요정은 병흠의 사무실과 아주 가까운 곳에 있었다.

이렇게 가까이, 이렇게 쉽게 찾아진다는 사실이 믿기지 않았다. 사무장에게 '연정'을 아느냐고 물었더니 웬만한 변호사와 검사들 사이에선 꽤나 유명한 요릿집으로 소문이 나 있으며 이름자 꽤나 있는 정재계 인사들이 드나드는 곳이라고 말했다. 사무장은 아주 의아한 표정으로 병흠을 보았다. 이런 곳과는 모든 면에서 연결점이 없던 병흠이 연정을 입에 올린 것이 꽤나 의아했던 모양이었다.

이렇게 가까이에서 조대흥이라는 자가 아직도 자신을 지켜보고 있었던 것 같아 섬뜩했다. 그래서 직접 찾아가 보아야겠다는 결심을 굳혔다. 병흠은 연정으로 발걸음을 옮기면서도 통화 속 여인이 서울을 떠나지 않으면 가족까지 위험해진다는 말을 떠올렸다.

병흠이 들어서자 한복을 곱게 차려입은 젊은 여인이 나왔다. 낡은 군복 차림의 병흠을 보고 잠시 당황하는 눈치였으나, 여자는 기품 있는 웃음으로 어느 분을 만나러 오셨냐고 물었다.

"약속한 것은 아니오만 혹시 조대흥이라는 양반을 만날 수 있습니까?"

자기도 모르게 어색한 서울 말씨가 튀어나왔다.

"아, 조 실장님 손님이시군요. 이쪽으로 오세요."

그녀는 조용한 방으로 병흠을 안내했다. 여자의 표정과 어투에서 유곽에서 일하는 여성들의 이미지란 찾아보기 힘들었다. 좀 오래 걸린다 싶은 생각이 들 때쯤 상다리가 부서질 것 같이 고급 음식과 술을 내오기 시작했다. 젊은 여자들이 병흠 주변에 자리 잡고 앉았다. 주색잡기와는 거리가 먼 병흠의 눈에도 여자들의 미모는 출중했고 공손하고 예의 발랐다. 병흠은 자리를 떨치고 일어서며 말했다.

"내는 조대흥이라는 자를 만나러 왔지 접대를 받으러 온 기 아입니다. 당장 만날 수 없다면 낼 이 시간에 다시 오겠다고 전해 주이소."

"죄송합니다. 조 실장님을 뵈러 왔다는 말만 듣고 제가 결례를 했군요. 화를 푸시고 잠시만 더 기다려주세요. 곧 모셔오겠습니다."

병흠의 단호한 태도에 여자는 공손하게 사과를 하며 여자들을 물리고 자신도 나갔다.

그러나 잠시 후에 들어온 사람은 조대흥이 아니라 그 묘령의 여자였다. 성장 차림의 여자는 병흠을 처음 보는 것처럼 대하며 서류 봉투를 내밀었다. 여자는 자신을 알아본 병흠의 눈빛을 단호하게 거부하며 낯설게 굴었다.

"최병흠 변호사님이시죠? 조대흥 실장님이 전해드리랍

니다. 그럼…."

"저기 날 모르오?"

"죄송합니다, 저희는 어떤 질문도 받을 수 없습니다. 조
실장님이 곧 오실 겁니다. 우선 그거부터 살펴보시죠."

그녀의 단호한 태도에 더는 묻지 않았다. 서류 봉투를 열
었다. 그 속에는 자신은 물론 아내와 딸들의 일상의 모습이
담긴 사진들이 들어 있었다. 얼마 전 파독 간호사로 떠난
전처소생의 딸 마리아의 사진까지 담겨 있었다. 고향에 있
는 두 딸 소피아와 모니카 사진이 없는 것에 그나마 안도했
다. 부처님 손바닥에서 철모르고 놀아난 손오공이 된 기분
이었다. 경악스러웠다.

그 순간, '최병흠 소령님, 서울을 떠나세요. 떠나지 않으면
가족까지 위험해져요. 그리고 다시는 이 번호로 전화하지
마세요. 제가 소령님을 도울 수 있는 마지막 기회입니다.' 얼
마 전 그 목소리가 귀를 때렸다. 분명 처음 본 얼굴이었지
만, 같은 목소리의 여자였다. 뒤따라 나가 성장 차림의 여
자에 대해 물었으나 '누가 왔었느냐'는 질문만 되돌아왔다.
이것은 '누군가' 병흠에게 보낸 위험 신호였다. 마음이 급
해졌다. 어서 이곳을 빠져나가야만 한다. 사진들을 챙기는
병흠의 손은 심하게 떨렸다.

사진 한 장이 툭 떨어졌다. 뒷면에 오래 전 단이가 남긴

것과 같은 메모가 눈에 들어왔다. 메모라기보다 그림이었다. 두 번째 수수께끼, 청진에서 단이가 병상에서 그려준 아기 상어 그림이었다. 그제야 시그널을 보낸 사람이 누구인지 분명해졌다.

단이였다. 단이는 자신을 구해준 '최병흠 소령님'을 잊지 않고 그 몇 배로 은혜를 갚고 있었던 것이다. 그런 단이를 바로 눈앞에 두고도 알아차리지 못하다니, 회한이 몰려왔다. 단이 때문에도 병흠의 생각은 오로지 하나, 어서 그 곳을 벗어나야 한다는 것뿐이었다. 아직 두 번째 수수께끼를 풀지 못했지만, 상어 그림 밑에 한글로 쓴 '단이'라는 글자는 아직도 병흠의 머릿속에 선명한 기억으로 남아 있었다.

단이는 어떻게 자신에게 일어나는 일들을 모두 알고 있었던 것일까? 언제 돌아왔다는 말인가? 새로운 수수께끼를 남긴 채 단이는 또 다시 사라진 셈이었다.

이도권을 따라갔던 날이 번뜩 떠올랐다. 그날, 병흠을 소령님이라고 불렀던 단이. 단이의 어깨에도 블루문 십자가가 있었다. 깊게 패인 드레스 뒷목선 왼쪽 어깨 위에 반쯤 드러낸 문신이었다. 분명 블루문 십자가였다. 우연이 아니었다.

독일에 있는 딸 마리아가 마음에 걸렸다. 편지를 쓰고 답장이 오는 동안 한시도 마음을 놓을 수 없었다. 다행히 딸

아이는 잘 있었다. 여느 때와 다른 아버지의 안부 편지가 마음에 걸렸는지 병원에서 동료들과 찍은 사진을 동봉했다. 몸이 고된 것 빼고는 잘 지내고 있으니 염려 마시라는 당부도 잊지 않았다. 마음이 아팠다.

유독 정이 많은 아이였지만 아버지로서 해 준 것도 없는데 타국에 나가 고생만 시키는 것 같아 쓰리고 아팠다. 파독 간호사 얘기가 나왔을 때 말렸어야 했지만, 그러지 못했다. 가정을 지키지 못한 아버지에 대한 원망이 그런 선택을 하게 한 것 같아 미안하기만 했다. 품안에서 보듬고 키우지 못한 아비가 무슨 자격이 있나 싶었다. 그래도 말렸어야 했는데…. 때늦은 후회가 밀려왔지만, 잘 있다는 한마디를 믿기로 했다. 어쩌면 지금 자신과는 멀리 떨어져 있는 것이 더 안전할 수도 있었다.

병흠은 결심했다. 가능한 한 대한민국의 중심에서 멀어지기로. 자신과 가족의 안전을 위해 변호사 사무실을 정리해 인애가 다시 출근하기로 한 학교 근처에 셋방을 얻었다. 아이들과 함께 지내다가 연고가 없는 지방으로 내려갔다. 홀로 변호사 사무실도 개업했다. 말이 개업이지 아는 변호사 사무실 한 편에 책상 하나 넣은 게 전부였다. 그마저도 여의치 않아 강릉을 거쳐 속초로 최대한 권력의 영향권에서 멀어지려 노력했다.

삼고초려를 거부한 대가
- 속초변호사 사건

속초에서 시작한 변호사 생활은 순조로워 보였다. 병흠의 무료 변론을 좋게 본 유지들이 그에게 사건을 맡기는 건수도 늘고 의뢰인들도 조금씩 늘기 시작했다. 그래서인지 말도 안 되는 트집을 잡아 다른 변호사들이 돌아가며 거짓 고발로 병흠을 힘들게 하더니 급기야 의뢰인을 만나러 간 다방에서 갑자기 들이닥친 형사들에게 체포되어 구속되는 지경에 이르렀다. 의뢰인을 소개해 준다며 병흠을 불러낸 동료 변호사가 TV에 나온 대통령 험담을 했다고 거짓 증언을 했다. 죄명은 국가원수모독죄였다.

인애는 남편의 무고를 앉아서 지켜볼 수만은 없었다. 병흠이 그런 터무니없는 소리를 했을 리 없었다. 그런데도 조간 석간 할 것 없이 일간지마다 토씨 하나 틀리지 않고 같은 내용으로 남편의 구속 기사를 실었다.

춘천지검 속초지청은 27일 변호사 최병흠 씨(58. 속초시 동명동)를 국가 원수에 대한 모독혐의로 구속했다. 검찰에 따르면 최 씨는 지난 3월 14일 하오 7시쯤 속초시 동명동 소라다방에서 3차례에 걸쳐 박 대통령을 비방한 혐의다.

병흠이 동행한 3인 외에 7, 8명이 더 있는 소라다방에서 마침 뉴스가 끝나자 '저 도적놈이 저 잘 한다고 선전하지만 도 실은 월남에 파병한다고 군대 팔아가 을매나 군인들을 마이 쥑였노 말이다!'라며 비방했다는 것이었다.

인애가 아는 한 남편이 할 수 있는 말이 아니었다. 한국전쟁에 참전해 그 참상을 몸소 겪은 병흠은 그것을 다시 겪지 않으려면 경제적으로나 군사적으로나 강해져야만 한다고 믿는 사람이었다. 월남 파병은 외화 획득 측면에서나 실전을 통한 강병을 위해서나 긍정적으로 논의할 사안이라고 주장한 사람이었다. 인애는 남편의 무고를 밝혀내기로 결심했다.

먼저 속초 방송국부터 찾아가 3월 14일 7시 방송에 박 대통령이 나왔는지부터 확인했다. 예상대로였다. 7시는 물론 그날 송출된 그 어떤 방송 프로그램에도 대통령이 나온 적은 없다고 했다. 9시 뉴스에서도 박 대통령에 대한 기사는 없었다는 것이었다. 확인증을 받으려고 시도했으나, 대통령과 관련된 사건이라는 사실 때문에 모두들 외면했다. 하는 수 없이 법원에 확인 요청을 의뢰했다. 그러나 이를 안 담당 검사는 기소장에 '3월 14일'을 '3월 중순 일자 불상'으로 고쳐 써서 기소했고 끝내 병흠을 구속시켜 버렸다.

인애는 포기 할 수 없었다. 그날 다방에 함께 있었던 사람들을 수소문해 한 명 한 명 찾아가 묻고 또 묻고 확인하며 증거를 채집했다. 병흠의 무죄를 입증할 만한 것이라면 사소한 것 하나도 놓치지 않고 기록했다. 그렇게 모은 무혐의 입증 자료를 법원에 제출하고 최종판결문을 요구했다. 그러나 '긴급조치 위반'이라는 말만 반복해 들었을 뿐 끝내 판결문을 볼 수 없었다.

실의에 빠져있던 인애에게 한 통의 희소식이 날아들었다. 인애의 항소문을 본 검찰총장의 전화였다. 도움을 주고 싶으니 검찰청으로 와 달라는 연락이었다. 인애는 그래도 아직 법이 살아있음을 기뻐하며 달려갔다. 오로지 한 가정의 가장을 다시 설 수 있게 해 주는 기회라고 생각했다.

그 길로 인애마저 영문도 모른 채 수감되었다. 스스로 지옥의 길로 들어선 셈이었다.

다짜고짜 여교도관의 폭행이 시작됐다. 죽지 않을 정도로 폭행을 당한 후 인애는 홀로 '하얀방'에 갇혔다. 겨우 책상 하나 들어갈 만한 좁은 방은 온통 새하얗다. 방에는 어울리지 않게 산수화가 그려진 동양화 액자 하나가 걸려 있었다. 음식을 주지 않는 것은 물론이거니와 잠도 재우지 않았다. 창문 하나 없는 흰 방. 가혹한 폭행과 쏟아지는 잠과 허기를 견디지 못하고 기진맥진 책상 위에 쓰러지면, 교도관은 귀신같이 알고 달려들어 뺨을 세차게 후려쳤다. 얼마나 맞았는지 통증이 차라리 시원하게 느껴질 지경이었다.
흰 방 안에서는 시간이 가는 지 날이 바뀌는 지 알 수도 없
었다. 시간 개념 자체가 무의미해질 때쯤 의식마저 희미
해져 갔다.

셋방에 남겨진 어린 세 딸, 미사와 미조와 미동이 떠올랐
다. 가슴이 아렸다. 인애는 희미해져 가는 의식을 놓지 않
기 위해 안간힘을 썼다. 억지로 벽에 걸린 산수화 액자 속
풍경을 상상했다. 그 순간 귀청이 떨어져 나갈 듯 책상을
내려치는 소리가 들렸다. 인애는 의자에서 바닥으로 쓰러
졌다.

"인애야 우리 딸 인애 거서 머하노? 어여 인나그래이. 인
자 그만 아부지랑 집에 가제이."

그리운 아버지가 부른다. 너무도 반가워 인애는 툭툭 털
고 일어났다. 달려가 안기려는데 아버지는 온 데 간 데 없
고, 일본 고등계 형사가 떡 버티고 서서 소리를 친다.

"박인애! 부산학생운동을 어떻게 생각하는가. 너도 한패
아닌가?" 부산 학생 항일 의거로 독이 오를 대로 오른 고등
계 형사는 독립운동 확대를 우려해 주변 학교 학생들까지
일일이 취조하며 단속에 나섰다.

"박인애 니가 통영 불령선인 박영치 딸이라지? 다시 한

번 묻겠다. 부산에서 벌어진 조선 학생들의 불경스러운 행동에 대해서 어떻게 생각하느냐 말이다!"

인애는 형사의 물음을 무시로 일관했다. 두려움을 들키지 않으려 어금니를 앙다물고 무시무시한 형사의 눈을 피해 정면을 바라보았다. 눈물이 고일까 봐 두 눈을 부릅떴다.

아버지의 행적을 들먹이며 사상범으로 몰아가다니 너무 두렵고 공포스럽지만, 없는 죄를 있다고 자백할 수는 없다. 저자들 앞에서 아버지를 욕보일 수는 없다. 나는 통영 사람들이 존경하는 '박 고사'의 딸이니까. 아 아버지! 아버지! 인애 여 있어예. 아버지는 말도 없이 어디 가신 기라예? 무서버 죽겠어예, 아버지!

깊은 숲속을 헤매는 인애 앞에 거센 강물이 나타났다. 그 강물 위 금방이라도 쓸려갈 것 같은 통나무 다리를 세 딸들이 위태롭게 건너고 있다.

"아, 안 돼. 미사야. 위험해 미조야, 미동아. 제발 그대로 서 있어야 해. 얘들아."

그러나 몸이, 몸이 움직이지 않는다. 끔찍하게 생긴 악마가 인애를 덮쳐 온다.

"아아악!"

인애는 곧 생명이 끊어질 것 같은 고통에 비명을 지르며 몸부림쳤다. 이제야말로 모든 것이 끝나는 것 같았다. 아무

것도 들리지 않는 어두운 고요 속으로 한없이 빨려들었다. 그때였다. 너무도 아름답고 찬란한 빛과 함께 어느 귀부인이 나타나 두 팔을 펼치자 금빛 광채 속으로 어둠과 함께 악마의 형상이 감쪽같이 사라져 버렸다.

"무엇을 걱정하느냐 마리아 로사! 아이들은 걱정하지 말거라. 천사가 지켜 주지 않느냐?"

그 소리에 고개를 들어보니 호수천사의 날개 속에서 딸들이 웃고 있었다.

"마리아 로사, 무엇 하느냐? 어서 일어나 이것을 받아라."

눈부신 광채 속 귀부인은 노틀담 대성당에 모셔진 승리의 성모님이었다. 세례를 받던 날 꿈속에서 보았던 그 성모님께서 다시 인애에게 세 송이 꽃이 수놓인 예쁜 주머니를 주고 사라졌다. 그 속엔 역시 성 김대건 신부의 성해 한 조각이 들어 있었다. 인애는 꽃 주머니를 꼭 쥐었다.

간신히 눈을 떴다. 아무것도 들리지 않았다. 인애는 다시 하얀 방으로 돌아와 있었다.

끝내 남편 최병흠 변호사의 항소를 포기하지 않고 버틴 인애는 9개월 간의 무고한 옥살이를 끝내고, 1973년 7월 5일 김대건 안드레아 신부 축일에 집행유예를 선고받고 딸들 곁으로 돌아왔다. 그러나 고문 후유증으로 한동안 온전한 정신으로 살지 못하게 됐고, 진물이 흐르는 한 쪽 귀는 결국 청력을 완전히 잃어버리고 말았다.

인애보다 한 달 먼저 아이들 곁으로 돌아온 병흠은 살아 있는 송장이 되어 있었다. 마른 고목처럼 생기를 잃고 반쪽이 된 몸에서는 찌든 땀내가 진동했다. 씻을 줄 몰랐고, 초점을 잃은 눈동자는 자꾸 아래로 향했다. 실어증에 걸린 사람처럼 한동안 아무 말도 없이 누워 있었다. 빛을 잃어버린 두 눈은 삶의 의지를 모두 놓아버린 사람의 것 같았다. 정지된 것은 변호사 자격만이 아니었다.

엄마와 아빠가 돌아온 이후에도 세 딸은 천애고아나 다름없었지만, 그저 다시 모여 살 수 있게 됐다는 것만으로도 생기가 돌았다. 14살 큰딸 미사가 동네 꼬마들을 모아 가르쳐 번 돈으로 연명했다. 언니가 과외를 하러 나간 동안 미조와 미동은 엄마 아빠를 지켰다. 작은 문소리에 깜짝깜짝 놀라면서도 곁을 떠나지 않았다.

이러다 말구 죽심더

'모든 것이 나 때문이다. 내가 곁에 없어야 내 딸들과 아내가 산다.'

변호자 자격 정지 8년에다 인애의 교원자격 박탈은 가족에게 사형 선고나 다름없었다. 동네 사람들의 수군거림과

손가락질을 피해 이사를 해야 했다. 인애는 일본어 배울 학생을 모아달라고 지인들에게 부탁했다. 미사는 장녀답게 엄마를 도와 동네 아이들에게 한글과 산수를 가르쳐 동생들 학비를 벌었다. 둘째 미조는 부쩍 말수가 줄었다. 병흠은 대서 일을 시작했다. 일거리를 사무장이 구해 주었다.

'나 하나 감옥에 가둔 것으로는 부족했단 말인가!'

병흠은 군복을 벗을 때도, 서울을 떠날 때도 자신이 아무것도 하지 않고 죽은 듯이 살아가면 괜찮을 줄 알았다. 사랑하는 아내와 미사, 미조, 미동. 마음밖에는 아무 것도 해준 것 없는 어린 딸들은 괜찮을 줄 알았다. 그런데 아니었다. 한 가정을 생지옥으로 몰아넣었다.

'나의 무죄를 밝히기 위해 구명운동을 하던 아내를 이 지경으로 만들다니…'

생각할수록 가슴이 미어졌다.

하루아침에 부모를 잃은 딸들은 천애고아가 되어 단칸 셋방 차디찬 냉골에서 굶기를 밥 먹듯 했다고 했다. 화가 미칠까 두려운 일가친척들은 모두 아이들을 외면했다고 했다. 멀리 독일에 가 있는 딸아이만이 간간히 생활비를 보내왔다고 했다. 그러다 무슨 일인지 그마저 끊기고 편지도 끊겼다고 했다. 미사 혼자 동생들을 돌보느라 고생이 이만저만 아니었다. 인애와 아이들은 낯선 사람들만 보면 경기를 일으킬 정도로 놀랐다. 병흠은 숨쉴 때마다 가슴이 조여 왔다.

'루치페르의 블루문 십자가다!'

병흠은 그들의 제안을 거부한 대가를 혹독하게 치르고 있었다. 고통과 실패의 중심에는 항상 그들이 있었다. 신학교에서 쫓겨나게 했던 성모회의 여인, 일본으로 가는 부관연락선에서 만난 고등계 형사, 태평양 어느 섬에서 100일을 함께 한 교관, 자신 앞에서 죽어가던 김귀남 소위, 청진에서 본 빗속의 남자, 말도 안 되는 조건을 내걸고 대통령이 될 것을 종용하는 텔렉스를 보낸 자, 군복을 벗게 한 상관과 동료와 부하들, 자신을 구해 준 단이까지 같은 문장을 지니고 있었다. 모두 '루치페르'의 조직원이었다.

그들은 병흠이 상상한 그 이상으로, 그들조차 가늠하지 못하는 거대 권력과 자본과 한 몸을 이루어 인종과 국가를 초월하는 무소불위의 권력을 휘두르고 있었다. 보이지도 잡히지도 않는 이 거대한 적과 끝나지 않는 싸움을 하는 것은 영혼을 포기하는 일인 것 같았다. 그들의 제안을 거부한 대가가 정말 이런 것이라는 말인가!

그러나 이대로 '루치페르'의 꼭두각시가 될 수는 없었다. 수장을 찾아내고야 말겠다. 병흠은 몸도 마음도 지쳐가고 있었다. 인애 생각이 간절했다. 내 영혼에 생명을 불어 넣

2부 마드리드에서 날아 온 이메일

어준 박인애 마리아 로사! 멀리서 시라유리 여학원을 바라보는 것만으로도 위안이 되던 때가 있었다. 인애를 마음에 둔 것이 아니라고 부인할 수는 없겠지만, 그렇다고 꼭 사내의 마음만은 아니었다. 주님께 맹세코 자신할 수 있었다. 그때 수녀복을 입게 될 마리아 로사의 모습을 상상하면 '성모님의 현신이 있다면, 바로 저런 모습이겠구나' 싶었다. 그런 그녀가 아내가 되어 고통 속에 있다고 생각하니 견딜 수 없이 괴로웠다.

인애가 옆에 있어 모든 고통을 견딜 수 있었다. 괴로워하는 병흠을 위해 인애는 늘 말했다. 이순신 장군은 노량해전에서 전사하지 않고 승전고를 울리며 돌아오셨어도 조선에서는 살지 못하리라는 것을 아셨을 거라고, 영웅의 삶은 그런 거라고, 불우하지 않았으면 불후할 수 없었을 거라고 병흠은 생각했다. 성모마리아께선 손수 그 모습을 드러내지 못하셔서 아내를 자신에게 보내신 게 분명하다고.

병흠은 더 이상 아무것도 하지 않기로 했다. 허름한 동네 다방에 앉아 엽차로 허기를 달래며 길 건너편 셋방 2층을 바라보았다. 인애의 일본어 강의가 끝나기를 기다렸다. 드디어 커튼이 걷히고 수강생들이 나가는 게 보였다. 병흠이 다방을 나와 길을 건너려는데 조금 전까지만 해도 보이지 않던 검은색 승용차 한 대가 집 앞에 서 있었다. 가슴이 철

렁 내려앉았다. 아내와 아이들 생각에 몸이 먼저 반응했다.
쏜살같이 길을 건넜지만 검은 양복의 남자를 간발의 차이
로 놓치고 말았다. 남자는 당황해하며 차를 몰고 사라졌다.
대문 앞엔 돈봉투가 놓여 있었다. 큰돈이었다. 무슨 음모일
까 무서운 생각부터 들었다. 진짜 함정에 빠진 것 같았다.

병흠은 돈봉투를 들고 그 길로 집을 떠났다. 발길 닿는 대
로 전국을 떠돌았다. 최대한 멀리, 사랑하는 가족들에게서
멀어져야 아내와 딸들이 안전할 것이었다.

"아부지가 가마 있어야 느거가 안 사나? 아부지가 죽어
뿌야 느거 엄마 하고 느거가 산다 이 말이다!"

난생 처음으로 하늘에 계신 그 분이 원망스러웠다.

"보이소 하느님요, 제발 그만 쫌 하이소! 이러다 말구 죽
겠심더."

루치페르든 누구든 어서 오라며 또 찾아다니며 몇 달을
보냈다. 요리집도 가고 대포집도 가고 방석집도 갔다. 그
돈을 다 써버려야 불운이 떠날 것 같았다. 편해지고 싶었
다. 타협하고 싶었다. 다시 만난다면 어떤 제안이든 다 받
아들일 수 있다고 생각하는 순간 정신을 잃었다.

눈을 떠 보니 인애가 병흠을 지키고 있었다. 이틀 전 늦은
밤 집 앞에 쓰러져 있는 그를 귀가하던 미사가 발견했다고
했다. 오래전 태평양 어느 섬에서의 일이 떠올랐다. 팔뚝을

2부 마드리드에서 날아 온 이메일

걷어 보았다. 병흠은 자신의 눈을 의심했다. 역시 그들이었다. 선명한 주사 자국을 똑똑히 확인했다. 이제야말로 중요한 결정을 내려야 할 때가 왔다고 생각했다.

찬류세상 끝내고 천국에서 만납시다!
- Hanc vitam bene perficiamus et te in caelo videam!

아내와 세 딸을 떠나보내기로 결심했다. 가능한 한 먼 곳으로! 아내에게 편지를 쓰기 시작했다. 지나간 시간들이 아프게 떠올랐다. 신학교에서 쫓겨나 일본으로 가던 쇼케이마루 3등칸, 부모님께서 맺어 준 첫 혼례의 실패, 마리아 소피아 모니카 전처 소생의 딸들, 다시 만난 마리아 로사! 아… 미사, 미조, 미동 사랑스런 나의 딸들!

　　사랑하는 나의 아내 마리아 로사, 사랑하고 미안합니다.
　　나는 당신을 지켜주지 못했지만 성모님은 당신을 주님 품안으로 안전하게 인도하실 것이라 믿습니다. 사랑하고 사랑하고 또 사랑합니다. 미사, 미조, 미동과 함께 스페인 마드리드로 떠나세요.
　　그 시기는 차차 의논해 봅시다. 성모님께서는 당신께서 내 곁에 오시지 못하시어 대신 마리아 로사! 당신을 내게 보내신 게 분명합니다.

  영원히 사랑합니다. 찬류세상 끝내고 천국에서 봅
시다!

  미사 수녀는 원고 말미에 추신을 붙여 두었다. 한국을 떠난
시기는 조금씩 달랐지만 어머니 인애와 자매들은 결국 마드
리드에 잘 도착했으며, 홀로 남은 아버지 병흠은 전국을 돌아
다녔다는 내용이었다.

  또 병흠이 세상을 떠난 후 미국에서 온 편지도 스캔해서 동
봉한다는 거였다. "송주헌 피디님과 두 작가님을 위해 기도드
립니다"라는 말도 잊지 않았다.

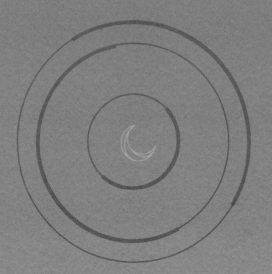

3부

끝나지 않은 전쟁

민경민의 커밍아웃

주헌은 지난밤 2시간 남짓 눈을 붙이고 일찍 회사로 나왔다. 미사의 원고를 다 읽고 깊은 잠을 자지 못해 새벽에 눈을 뜬 탓이었다. 회사까지는 천천히 걸어도 30분. 취객들의 여흥마저 모두 잠든 도시의 새벽은 고요했다.

이런 시간에 홀로 거리를 걷는 게 얼마 만인지. 매일 지나다녔던 길이 낯설고 새롭게 느껴졌다.

'혹시 루치페르?'

주헌은 자신의 주변에도 일당들이 뒤따르고 있는 것은 아닌가 실없는 생각이 들었다.

그러면서도 그 글 속의 사건들이 온전한 팩트로 느껴지지 않았다. 아니, 팩트가 아니기를 바랐다. 최병흠 중령의 삶이 너무나 가혹하게 느껴졌기 때문이었다.

회의실에 들어서니 이미 새봄 작가가 나와 있었다. 10분쯤 후엔 민 작가도 들어섰다. 7시가 되기도 전에 약속이나 한 듯 모인 것이었다. 모두 잠을 설쳤으리라 생각하니 내심 기분이 좋아졌다. 비로소 한 프로그램의 책임자로 느껴져 뿌듯하기까지 했다.

"와우, 뿌듯한 모닝! 다 같이 모닝커피나 한잔씩 때리러 갈까요? 맞죠, 맞죠. 다들 이거 밤새 읽은 거?"

그랬다. 잠을 설친 대목은 서로 달랐지만 모두 원고를 읽다 밤을 지샌 끝에 쪽잠을 자고 출근한 것이었다.

"나도 이참에 개종이나 할까 봐요, 좋은 여자 만나게. 하하하"

"송 피디님, 종교 있으세요?"

"새봄 작가 모르나 본데, 나 한때는 잘 나가는 법당 오빠였어. 울 엄마 덕에. 여름불경학교에 나 보러 온 여학생들 좍악 줄을 섰지. 우리 봄 작가는, 교회 언니?"

"헐, 이거 부장님 정도는 돼야 나올 수 있는 조크인데? 저는 성당에서 유아세례 비스무리한 걸 받았다고는 하는데, 아무튼 그런 거 안 키워요. 보이는 것도 못 믿겠는데, 신이요? 신이 있다면 제가 이렇게 태어나지는 않았을 걸요?"

"아침부터 웬 맥락없는 신세타령이실까? 우리 새.끼.작가님께서? 새벽 같이 나왔음 일이나 하시지요."

"아, 우리 왕 작가님은 아시겠다. 가톨릭 신자시잖아요. 도대체 왜 엄마들은 암 것도 모르는 애한테 자기 맘대로 세례 같은 걸 주는 거예요?"

"우리 삐뚤어진 새봄 작가 공이 왜 민 작가님한테로 튀나, 맥락 없이."

"맥락이 없진 않죠. 그죠, 민 작가님? 엄마들은 왜 다 그 모양이에요? 애가 뭐, 자기 소유물인가?"

"왜 그래요, 자꾸? 좋은 아침에."

"내 경험도 괜찮다면 대답해 줄게."

"뭐, 들어보고는 싶네요."

"나는 딸을 혼자서 낳았어. 미혼모의 집에서. 가톨릭 재단에서 운영하는 곳이었는데 거기 수녀님들 아니었음 내 딸도 나도 죽었을 거야. 그래서 거기서 유아세례를 받게 했지. 꼬물꼬물 목도 못 가누는 아기인데도 의지가 되더라고. 그런 맘 아닐까? 종교적 의미는 잘 모르겠지만. 참, 하나 더 있다. 적어도 종교가 있음 사는 게 좀 쉬울 것 같았어. 안 그래도 각박한 세상, 혼자보다는 종교라도 있는 게 나을까 해서. 답이 됐나?"

주헌은 한동안 버퍼링이 걸린 노트북처럼 멍해졌다.

'민경민 작가는 무슨 커밍아웃을 이런 식으로 하나?'

늘 두 사람 사이에 벌어지는 기싸움이라고 생각했는데, 이 것이 민 작가의 미혼모 커밍아웃으로 이어질 줄은 상상도 못 했다. 홀로 딸 하나를 키우고 있는 싱글맘이라는 사실은 알고 있었지만 미혼모였다니….

사실 작가의 개인사야 아무런 상관이 없지만 이런 식으로 듣는 것은 아닌 것 같았다. 주헌은 새삼스레 민경민에 대한 새 봄의 무례함이 불편하게 느껴졌다. 그 무례가 자신에게 향하 는 것 같아 불쾌하기까지 했다. 기회를 봐서 주의를 좀 주어 야겠다고 생각하며 말없이 자리에 앉는데 맞은편에서 눈물을 흘리는 새봄이 보였다.

'나 아직 아무 말도 안 했는데…. 왜 저러지? 사람이 안 하던 짓을 하면 죽는다더니 한 번도 해본 적 없는 새벽 출근에 이런 해괴한 일이 벌어지는구나. 갱년기라면 민 작가 쪽이 더 가까 운데, 혹시 사춘긴가? 아님 조울증?'

이새봄과 눈물은 참 어울리지 않았다. 눈물을 흘리게 하는 쪽이라면 몰라도… 주헌은 난감했다. 이 이상한 분위기에서 벗어나고 싶었다. 그런 마음을 읽기라도 한 듯 경민이 담담 하게 말했다.

"송 피디님, 우리 커피 말고 해장국에 모닝 소주 어때요?"

세 사람은 누가 먼저랄 것도 없이 모닝 술을 택했다. 회사 뒤편 24시간 영업하는 프랜차이즈 국밥집에 들어갔다. 불과 몇 분 만에 소주 한 병을 비웠다. K드라마나 영화에서 통한다는, 어떤 비밀이든 모두 털어 놓게 된다는 초록병의 위력이 눈앞에서 펼쳐지는 순간인가? 주헌은 기대를 하며 두 사람의 눈치만 살폈다. 그러나 새끼 작가의 새벽 눈물바람과 베테랑 작가의 비극적인 첫사랑이 밝혀지는 장소로는 너무 가볍다는 생각이 들어 미안해지기 시작했다. 그런데 두 사람은 의외로 담담했다.

 "이제 적당히 하고 엄마 집으로 들어가지?"

 "적당히요? 절 아세요?"

 "아니, 몰라. 근데 아까 그 눈물은 알 수도 있을 것 같아서."

 "뭐예요? 두 사람. 맨날 싸우기 바쁘더니 서로 별걸 다 아시네. 봄 작가 가출한 거야?"

 "가출이 아니라 독립이죠."

 참 알 수 없는 게 여자 마음이라지만 주헌은 보면 볼수록 미스터리 장르로 가는 두 작가의 사연이 궁금해지기 시작했다. 초록병의 위력을 등에 업고 슬슬 두 사람에게 듣고 싶은 질문을 던지려는데, 요란하게 휴대폰 진동이 울렸다. 미조의 전화였다. '저들'이 나타났다고 했다. 급박했다.

 '이런! 모닝 술!'

주헌이 통화를 끝내자 마자 세 사람은 마실 수 있는 것은 모조리 마시기 시작했다. 답답하기만 했던 코로나 마스크가 이렇게 반갑기는 처음이었다. 마스크는 바이러스만 막으라고 있었던 게 아니었다. 갑작스런 모닝 술로 불콰해진 얼굴과 술 냄새까지 막아줄 것을 기대하며 서둘러 국밥집을 나왔다.

최미조의 SOS

회의실로 향했다. 그러나 촬영팀과 촬영차량을 배정받을 수 없었다. 주헌은 급한 대로 피디용 카메라를 챙겼다. 여차하면 휴대폰으로 찍어도 상관없었다. 우선 최미조의 아파트에 도착하는 게 먼저라 생각했다. 택시를 불러 호금동 임대아파트로 향했다.

주헌과 작가들이 도착했을 때 '저들'은 찾을 수 없었고 사회복지사를 대동한 경찰관이 자매와 실랑이를 벌이고 있었다. 맥이 빠졌지만 경찰관 얘기를 들어 보면 뭔가 상황을 알 수 있지 않을까 하는 기대도 생겼다. 전날부터 아파트 지상 주차장에 차를 세우고 밤새도록 유해 물질을 뿌려대며 감시하는 통에 불안에 떨었다는 자매. 잠도 못 잔 상태에서 위협을 느껴 112에 신고를 했고, 신고를 접수한 경찰관은 이런 일이 한두 번이 아니라 이번에는 아예 사회복지사를 대동하고 나타난 거라고 했다.

카메라를 들고 나타난 송주헌과 작가들을 보자 경찰관은 오히려 잘 됐다며 하소연을 늘어놓기 시작하는 게 아닌가.

최미조는 흥분한 채 억울함과 불쾌감을 표출했다. 생명의 위협을 느껴 임시 보호조치를 호소하는 자신들을 정신 이상자 취급하는 것은 모욕이며 치욕이라고, 이미 오래 전부터 알고 있었지만 경찰관까지 완전히 '저들'과 한패가 되었다며 분노했다.

경찰관은 경찰관대로 말이 통하지 않는다고 답답해 하며 기막혀 했다. 요즘은 하루가 멀다 하고 신고를 해서 업무가 마비될 지경이라고. 신고를 받은 이상 출동하지 않을 수도 없었고, 막상 출동해 보면 아무 일도 아니어서 도움을 드리고 싶은 마음에 상담을 권유해 봤지만 화만 낼 뿐이었다고. 그래서 특별히 관할 구청에 연락해 상담사를 모시고 온 것뿐이라고 하소연했다. 사회복지사는 심리상담사였다.

"밖에서 그러지들 마시고 들어와서 물이나 한잔씩 드세요. 제가 직접 끓인 물이에요."

미동이 불쑥 나섰다. 이 한마디에 팽팽하게 대치하던 긴장 상황은 얼마간 풀어졌다.

"아이 공주님, 그러지 마세요."

'방금까지 모욕감에 부르르 떨던 최미조는 어디로 가고 갑자기 우아하고 나긋한 여인이 나타난 것인가! 혹시 저 물은 마법의 물? 아니지 아직 물은 마시지도 않았는데?' 불쑥 이런 생각이 끼어들자 주헌은 자신에게 어이가 없었는데, 술기운 탓인가 자신의 입은 더 황당한 말을 제멋대로 내뱉었다.

"일단 들어가시죠."

머뭇거리던 경찰관은 그러시자며 거실로 들어갔다. 불을 켜지 않은 데다 커튼까지 쳐져 있어 거실은 어두웠고 중앙에는 벽 쪽으로 성모상이 놓여 있었다. 벽에 걸린 십자고상 아래엔 날개 달린 성모 마리아 같기도 한 성화가 걸려 있었다. 거센 냇물 위 나무다리를 건너는 두 아이를 보호해 주는 성모 그림이 자꾸만 주헌의 시선을 끌었다.

'혹시 저 그림이 최미사 수녀의 글에 나온 그것인가?'

"호수천신상이에요. 어렸을 때부터 어머니께서 걸어 두셨죠. 우리를 지켜 줄 거라고 하셨어요."

금세 얼굴 위로 잔잔한 미소가 번졌다. 자매에게 어머니와 종교는 보통사람들이 생각하는 그 이상의 행복과 평화를 주는 것 같다고 주헌은 생각했다.

"언니님 말이 모두 맞아요. 호수천신께서 언제나 저희 자매를 지켜 주셨어요."

미동은 보리차가 담긴 머그컵과 유리잔을 테이블 위에 놓으며 해맑은 톤으로 말을 이었다.

"우리 언니님이 음악 심리치료학 박사예요. 스페인 교황청립 살라망카대학교 루이스 뷔베스 대학원에서 석사를 받았고, 발렌시아 주립 폴리텍니카대학교 대학원에서 박사학위를 받았지요. 음악으로 사람들의 마음을 치료하는 일을 해요. 여러분도 한번 받아 보실래요?"

경찰관 옆에 앉았던 심리상담사가 머쓱해 하며 어색한 미소를 지었다. 미동은 테이블 아래에서 택배 상자 하나를 꺼내 놓았다. 택배 차량으로 위장한 자들이 매일 감시하고 있으며 오늘은 주문하지도 않은 상자를 놓고 갔다고 했다. 자신도 증거 사진을 남겼다며 휴대폰을 보여 주었다.

"이건 그냥 택배 배달 차 아닌가요? 뭐가 다르다는 거죠?"

사진을 보던 새봄 작가가 물었다. 미동은 그래서 신고한 것 아니냐며, 상자는 성분 조사를 해 보면 알 것이고 차량은 차적 조회를 하면 될 것 아니냐고 경찰관을 쳐다 봤다.

"이 택배 상자에는 뭐가 들어 있었는데요?"

미동은 아무 것도 들어 있지 않았지만 상자를 열자 마자 눈과 목이 따갑고 숨을 쉴 수 없었다고 했다. 어제 병원에 가서 진단서를 끊어 놨다며 보여 주었다. 그러나 거기에는 원인 불상으로 인한 눈과 목의 통증으로 증상 완화를 위한 진통제 처방과 2주간의 치료를 필요로 한다는 내용뿐이었다. 테러로 인한 상해를 증명할 만한 어떤 증거도 없다는 사실만 확인시켜 줄 뿐이었다.

주헌은 미동의 휴대폰에 찍힌 택배 차량의 번호 조회를 부탁했다. 그 자리에서 경찰관은 조회를 의뢰했다. 결과는 누구나 다 아는 대형 택배업체의 차량이 분명했다. 그 회사는 새벽 배송까지 하는 업체라 '밤낮 없이' 세워져 있었다 해도 특별히 이상한 일은 아니었다. 유해물질 살포에 대해서도 할 말이 있다며 서류철을 꺼내 내놓았다. 경찰서 민원실 홈페이지에 미조가 올린 글과 담당자가 남긴 답변이었다.

"여기 담당자가 올린 처리 결과 읽어 보셨죠? 처리된 걸 자꾸 올리시면 저희도 곤란합니다. 피디님도 한번 보세요, 여기."

"안 된다고만 했지, 여기 제대로 처리해 준 게 어디 있습니까? 그러니까 제대로 해결해 달라고 올리는 거잖아요."

"같은 얘기지만 저희는 법이 정한 대로 움직이는 경찰관입니다. 무조건 다 들어드릴 수는 없다는 말씀입니다."

"그럼 진짜 이분들이 크게 다치거나 죽기라도 해야 움직인다는 말씀이세요?"

새봄 작가의 돌직구 한방으로 모든 상황이 정리되는 것 같았다. 아무도 이렇다 할 대꾸를 하지 못하고 머뭇거렸다.

'많이 당황들 하신 게지….'

주헌은 누구나 생각하고 있으면서도 내뱉지 못하는 말을 시원하게 날려 버린 새봄을 다시 한 번 바라 보았다. 이 순간만큼은 단점이기보다는 장점이 틀림없다고 생각했다. 미동도 같은 생각이었을까? 얼굴에 알 수 없는 미소를 장착한 그녀는 아무 말 없이 새봄에게 물 잔을 내밀었다.

일단 경찰관의 협조를 구해 불안에 떠는 최미조 최미동 자매를 며칠 간 임시보호소에 머물게 하기로 결정했다. 그러나 이것으로 해결될 일이 아니라는 것을 모두가 알고 있었다. 이렇게 되고 보니 주헌은 본격적으로 촬영에 들어가기 전에 맥이 탁 풀리는 기분이었다. 프로그램 방향이 이상하게 예상 밖으로 흘러가며 6.25 특집 다큐멘터리와는 자꾸만 동떨어져가고 있었다. 대책이 시급했다. 이제라도 청진상륙작전에 더 집중해야 한다. 김대찬이 생각났다.

민경민 작가, 박인호 국장, 조정국 의원

　　민경민이 조정국을 다시 만난 것은 박인호 국장 방에서 였다. 15년 만이었다. 휴학과 복학을 반복하며 10년 만에 겨우 대학을 졸업한 경민이 작가를 해 보고 싶다며 방송사로 전화를 하면서 다시 조정국과 이어졌고, 그는 마침 교양국 동기 피디가 작가를 구한다며 흔쾌히 소개해 주었다. 조정국은 당시 세계 여행을 준비 중이라 맡은 프로그램이 없었지만, 경민의 어려운 처지를 알고 적극적으로 나서 주었다.

　　정국은 자신과 일하던 막내 작가, 나이에 걸맞지 않게 어른스럽고 차분하고 꼼꼼한 경민을 기억하고 있었다. 다소 어두운 분위기에 우울해 보이기는 했으나, 가끔 조용하게 내놓는 아이디어가 좋았다. 한번 키워 보고 싶은 작가로 점찍어 두었었는데, 어느 날 갑자기 그만둬 버렸다. 개인적인 일이 생겼다며 인사도 못 드리고 그만두게 돼 죄송하다는 전화 한 통이 끝이었다.

워낙 조용한 성격이라 예능국 스타일이 버거워 떠났나 보다 생각했다. 겉으로 보기에 화려하고 뭔가 있어 보이는 분위기에 이끌려 들어 왔다가 치열한 경쟁과 트랜드를 따라가기 버거워 한 달도 채 버티지 못하고 그만두는 작가들이 많았으니까. 경민이라면 충분히 그럴 수도 있다고 생각했었다. 그러나 그때는 아쉬움도 아니고 뭔가 이성적으로 설명되지 않는 개운치 못한 기운이 정국에게 남아 있었다.

그녀에게 다시 전화가 왔을 땐 오히려 교양국에 잘 맞는 작가라는 생각도 들었다. 15년이 흐른 뒤에 다시 만난 경민은 교양국의 베테랑 작가가 되어 있었다. 당연한 얘기지만 이십대 초반의 경민에게서 느낄 수 없던 '방송 근육'이 느껴졌다.

경민 역시 구성작가 생활을 이어갈 수 있었던 것은 모두 조정국 의원, 아니 조정국 피디 덕분이라고 생각했다. 정국은 DBS 예능피디 출신 대민당 초선 의원이었다. 정확히 23년 전, 대학 3학년 휴학 중이던 경민은 조정국 피디의 막내 작가로 방송을 시작했다. 그가 책임 피디였던 개그 프로그램의 막내였다. 사실 말이 작가지 커피 심부름부터 대본 카피, 자료

조사 등 온갖 잡일을 도맡아 하는 휘뚜루마뚜루 막내 '잡가'였다. 아이디어 회의 때 한마디 던질 수 있는 기회가 전부인.

매주 공개방송으로 진행되는 개그 프로그램 〈웃음을 섬기는 사람들〉은 인기 절정을 누리며 조정국 피디를 세상에 알렸다. 한 코너였던 '시사 조크박스'에 그가 직접 출연해 정치 풍자 멘트로 코너를 끝내는 역할을 맡은 게 큰 인기를 끌었다. 타사에서도 포맷을 따라할 정도였다. 그러다 개그 프로그램은 시들해졌고 매너리즘에 빠진 정국도 휴가차 떠났던 세계 배낭여행 중 아예 퇴사를 하고 공부를 시작했다. 정치학 박사가 된 그는 대민당 대변인을 거쳐 피디 시절 인기를 등에 업고 당당히 국회의원이 되었다.

의원이 된 그를 방송국에서 다시 만나게 되다니… 경민은 만감이 교차했다. 자리를 마련한 것은 박인호 국장이었다. 그는 한 때 후배였던 조정국을 깍듯하게 대했다. 박 국장은 조 의원이 귀한 문건을 주셨다며 기획안을 작성하라고 지시했다. 윗선과도 이미 편성하기로 조율이 끝났다고 했다. 경민은 이런 자리라면 작가인 자신보다는 책임피디인 이탁경 차장이 왔어야 자연스럽지 않을까 하는 생각을 했지만 내색하지 않았다. 따지고 보면 이탁경 차장이 맡고 있는 메인 프로그램 아이템도 아니고 특집 편성이라 담당 피디도 달라질 거였다. 그런데 이것이 송주헌 피디의 입봉 아이템으로 배정될 줄은 몰랐다. 경영진도 신경 쓰는 아이템이라면 당연히 연차가 있는 중견 피디가 맡을 줄 알았다.

차장과 국장의 껄끄러운 관계에 매번 중간에서 곤란을 겪는 것은 경민이었다. 경민은 안 그래도 말 많은 방송국에서 애 딸린 돌싱녀는 스캔들의 주인공으로 누구와도 엮기에 좋은 조건이라는 사실을 잘 알고 있었지만, 박 국장의 이런 태도 때문에 자꾸만 자신과 엮이는 것이 좋을 리 없었다. 스캔들이라는 것이 당사자들 앞에서는 대놓고 떠들지 않기에 일일이 찾아다니며 해명할 수도 없는 노릇이었다.

자신은 돌싱녀라고 직접 말한 적은 단 한 번도 없었으나, 혼자서 딸 하나를 키우고 있다고 하면 다들 묻지도 않고 그렇게 치부해 버렸다. 사실 경민도 '어린 나이의 미혼모'보다는 돌싱녀 쪽이 더 공감받기 쉽다는 것을 알기에 굳이 변명하지도 인정하지도 않았다. 그런데 현재 자신과 일하고 있는 후배 작가들과 담당 피디들까지 정신 없는 스캔들의 여주인공으로 믿어 버리다니. 그것도 1도 이성으로 느껴지지 않는 띠동갑 박인호 국장을 상대로 말이다.

그러나 침묵이 제일이라는 것을 경민은 잘 알고 있었다. 흙탕물에서 발버둥 칠수록 더 고약한 흙탕물에 빠져 버릴 게 뻔했으니까.

경민은 부모의 이혼으로 열 살이 되기 전부터 친척집을 전전하며 자랐다. 그래서 늘 '내 편'에 목말라 있었다. 이혼한 부모는 일찍이 각자 새 가정을 꾸렸고, 경민은 그들에게 짐이 되고 말았다. 넓디넓은 세상 한가운데 나 혼자라는 생각은 그녀를 한없이 보잘 것 없는 존재로 느껴지게 만들었다. 그러다가 처음으로 온전하게 '내 편'인 존재가 생긴 것이었다. 어떤 준비도 대책도 없이 태어난 딸아이가 한없이 작고 보잘 것 없는 스물둘의 경민에게는 무엇과도 바꿀 수 없는 희망이 되었고 의지가 되었다. 그러나 그 아이는 그 옛날 자신처럼 세상 한가운데 혼자라고 생각하며 경민을 원망하고 있었다.

'조정국 의원은 무엇 때문에 대외비 문건을 박 국장에게 건넨 것일까? 박 국장은 또 왜 담당 피디도 정하지 않고 작가부터 불러 기획서를 작성하라는 것일까? 이미 편성까지 확정된 거라면 피디부터 정하는 게 순서일 텐데.'

생각할수록 의문투성이인 상황에서 경민은 조 의원이 움직였다는 사실이 마음에 걸렸다. 정치권과 연결된 방송은 시작부터 상당한 위험을 안고 가는 것이었다.

조정국 피디 부친이 한때 정계에서 막후 권력을 행사했다는 사실은 소문으로 알고 있었지만, 인기 예능 피디였던 그가 정계로 진출하게 될 줄은 몰랐다. 경민이 예상할 수 있는 것은 다큐가 DBS에 상당한 영향력을 행사하리라는 사실이었다.

경민은 조정국이 자신을 대하는 태도가 마음에 걸렸다. 그는 마치 자신의 제안을 거부할 수 없을 거라는 확신을 갖고 있는 사람처럼 대했다. 그 옛날 작가 자리를 봐주었던 것에 대한 답례를 바라는 사람의 태도와는 다른 결이었다. 그게 무엇일까?

박인호는 차기 사장을 노리고 있었다. DBS 예능국 피디 출신 조정국 의원이라면 결정적인 순간 자신에게 힘을 실어 줄 것이라고 믿고 있었다. 박인호가 제작국 피디로 입사한 것은 아니었지만, 조정국의 선배인 것은 분명했다. 박인호는 만날 때마다 은근히 이점을 강조하며 그와의 인연을 엮어 나갔다. 조정국은 반드시 자신에게 힘이 되어 주어야 했다. 이제부터라도 든든한 동아줄로 만들어야 했다. 그러기 위해서라도 송주헌이가 특집 다큐멘터리를 성공적으로 뽑아주어야만 한다. 아니 성공은 모르겠고, 어그로를 끌든 무슨 짓을 하든 '장안의 화제'가 되어야 한다.

박 국장이 조 의원실의 대외비 문서를 손에 쥔 것은 우연이었다. 재경청산시향우회에 갔다가 손에 넣었다. 조정국이 초선으로 당선되던 2012년 아버지 조문도 의원이 임종하기 직전 물려준 것이라고 했다. 문건의 주인공이 청산 출신이라는 것 외엔 잘 모른다고 했다. 그러나 문건의 주인공이 세상에 드러나기만 한다면 권력의 무게 중심이 바뀌며 대한민국의 권력 카르텔에 일대 혼란이 일어날 것이라고 했다. 어째서 문서 한 장이 굳건했던 카르텔을 흔들 만한 영향력을 가졌다는 것인지 알 수 없었지만 조정국에게 좋은 일이라면 박인호 자신에게도 좋을 수 있다는 것만은 분명한 사실이니 일단 저질러 보기로 했다. 떠도는 소문에 의하면 그 문서 한 장이면 여당인 호국당의 유력한 차기 대선 후보의 발목을 확실하게 잡을 수 있다나?

어찌됐든 박인호는 정치 따위엔 관심이 없을 뿐더러 이런저런 상황을 보고 기다리기엔 그에게 주어진 시간이 그리 많지 않다는 사실만큼은 분명했다. 정년퇴직이 코앞에서 떡하니 기다리고 있지 않은가. 명색이 서울대 출신에 모두가 부러워하는 메이저급 방송사 언론고시를 한 번에 통과한 실력파 간부인데 집에 갈 때 가더라도 본사 사장이 못 되면 지방사 사장 자리라도 한번 차지해 봐야 후회가 없을 것 같았다.

게다가 보도국장과 김대찬 기자가 움직이기 시작했다는 것은 믿을 만하다는 방증이기도 했다. 그래서 박인호는 조정국과 김대찬을 만났다. 격려차 술도 사고 밥도 사고 송주헌을 엮어 넣었다. 마침 송주헌과 김대찬은 같은 대학 출신에 같은 과 선후배 사이라는 기막힌 우연이 함께 따라 주었다. 천우신조의 기운이 자신을 향해 오고 있다고 믿었다. 송주헌이 계약직인 것도 박인호에게는 좋게 작용했다. 아직 세상물정 모르는 신입 계약직 피디는 일을 부리기에도, 쓰고 버리기에도 부담 없는 카드라고 생각했다. 만에 하나 이도저도 아니게 끝나버린다 해도 자신은 초짜 피디를 의미 있는 아이템으로 입봉시켜 준 마음 좋은 동문 선배가 될 수 있으니, 손해 보는 장사는 아닌 것 같았다.

6월의 남자, 노병은 살아있다

이새봄 작가는 이제라도 아이템을 접고 다른 걸 찾아야 하지 않느냐는 쪽으로 기울어져 있었고, 민경민 작가는 일단 관련 기관 취재를 더해 보고 나서 결정해도 늦지 않다는 의견이었다. 주헌의 생각도 민 작가와 같았지만, 마음에 계속 걸리는 것은 제보자가 당하고 있다는 테러에 관한 자료들이었다.

제보자가 유해 물질이 살포되고 있다고 주장하는 '가스 테러'의 증거는 아파트 천정에서 흔히 볼 수 있는 환풍구와 화재감지기였으며, 도청 장치라고 찍은 사진은 아무것도 보이지 않는 빈 벽과 인터넷 선을 연결하고 전자기기를 꽂는 콘센트였으며, 신고를 받고 출동한 경찰관들의 모습을 찍은 사진이 전부였다. '저들'과 담합한 경찰관이 자신들을 돕기는커녕 제지하려고 해 몸싸움 끝에 병원에서 뗀 진단서도 있었다. 그러나 그것만으로 결정적인 증거는 되지 못했다. 이런 이유를 들며 이새봄 작가는 제보자들의 말을 어디까지 믿어야 할지 모르겠다고 했다. 다큐 프로그램의 생명은 팩트에 있는 거 아니냐고.

새봄 작가의 의견에 어느 정도 동의했으나, 이대로 접을 수는 없다는 게 민경민 작가와 송주헌 피디의 판단이었다. 주헌은 취재 콘셉트를 바꿔 과학수사대에 의뢰라도 해보고 싶은 마음이 들었지만 그럴 수는 없었다. 민 작가는 일단 확실한 증거가 확인될 때까지 테러 부분은 배제하고 '최병흠 중령'에 포커스를 두자고 했다. 맞는 얘기였다. 박 국장이 건네 준 조 의원실의 대외비 문건이 떠올랐다. 주헌은 김대찬을 다시 만나보면 뭔가 풀릴 것 같았다는 생각을 했다. 적어도 이 상황에 공감해 주고 들어 줄 '동지'가 절실하게 필요했다. 그 동지가 이탁경 선배였다면 더 좋았을 테지만.

그러고 보니 요즘 이 선배가 잠잠했다. 그날, 주헌의 입봉 아이템이 박인호 국장으로부터 수직 낙하되던 그날의 기세를 생각하면, 둘 중 한 사람은 사달이 났어도 벌써 났어야 하는데 의외로 조용한 게 이상했다.

편집실을 나와 회의실로 가다 내부 모니터에 띄워진 스폿 영상에 시선이 갔다. 한국전쟁 발발 72주년, 한미동맹 72주년을 앞두고 다른 팀에서 준비하고 있는 다큐멘터리와 그걸 알리는 영상이었다. 미국 맨해튼과 LA의 한인교회 주최로 서울에서 만나기로 한 참전용사 200여 명과의 해후는 코로나 펜데믹 탓에 온라인으로 대체된다는 안내와 그 외 다른 행사에 관한 스폿영상이 연이어 송출되고 있었다. 편집실과 회의실을 오가며 두 달 가까이 보내는 동안 다른 팀에서도 특집방송들을 준비하고 있었던 모양이었다.

그 중에서도 주헌의 관심을 끈 것은 보청기로 유명한 의료기기 업체에서 한인교회와 손잡고 한국전쟁에 참전한 각국 원로 병사들에게 새로 출시한 의료용 안마기기와 보청기를 무료로 지원한다는 영상이었다. 직접 영상에 등장한 사람, 헬시코리아 대표 김재경이 낯익었기 때문이었다. 작년 서울대 총동문회 홈커밍데이 때 만난 적이 있었다. 그 자리에서 그는 새로 선출된 총동문회장이라며 행사장을 돌며 일일이 인사를 했다. 주헌에게는, 방송국 피디라고 들었다며 유독 친근하게 인사를 건네는 탓에 서로 명함까지 주고받았었다.

'다 계획이 있었던 거야. 아무 계획 없이 사는 게 얼마나 좋은 줄 모르고…. 큭큭큭 저러다 우리 동문회장님 국회의원 한다고 나오시겠네!'

주헌은 역사를 전공했지만 역사 하고는 전혀 무관하게 살아

왔는데, 요즘 맡은 프로그램 영향인지 한국전쟁이나 6.25, 참
전이라는 단어만 보여도 저절로 눈길이 갔다.

그 영상의 뒤를 이어 영화 〈6월의 남자, 노병은 살아있다〉
재개봉을 앞두고 그 주인공 김영휘 장군이 직접 출연한다는
토크쇼 스폿도 이어졌다. 언제 어디서들 벌써 저렇게 소리 없
이 준비하고 있었던 것인지! 갑자기 최병흠 중령이 살아 있었
다면, 그의 청진상륙작전이 세상에 알려졌다면, 저 영화의 주
인공은 바뀌지 않았을까 하는 생각이 들었다.

그러나 주헌 자신이 지금 서 있는 이 현장이 바로 전쟁터라
는 생각이 들자 정신이 번쩍 들었다. 지금은 한가로이 다른 프
로그램 스폿을 감상하며 여유를 부리고 있을 때가 아니었다.
강자만이 살아남아 대우받고 다음 전쟁을 준비할 수 있는 전
쟁터에서 이러면 안 되는 거였다. 방송이란 3년차 피디가 생
각하는 그 이상으로 치열하고 살벌한 곳 아닌가! 그때 뒤에서
누군가 주헌의 어깨를 툭 치며 말을 걸었다.

"입봉 준비는 잘하고 있지?"

"어? 차장님!"

이탁경 피디였다. 반가웠다. 주헌이 특집 다큐를 맡고 나서
는 회의실도 바뀌고 야외촬영으로 자리를 비우는 날이 많아
한동안 만나지 못한 터였다.

"나도 6.25 특집 준비 중인데. 나 이길 수 있겠어?"

"네? 차장님도 다큐 준비하세요?"

"다큐는 아니고 저거!"

탁경이 턱짓으로 스폿 영상을 가리켰다. 김영휘 장군을 위시한 참전용사들과 함께하는 토크쇼였다. 반가움도 잠시 본능적인 경쟁심이 스멀스멀 올라오기 시작했다.

'그럼 그렇지. 가만히 당하고만 있을 이탁경이 아니지. 지금으로선 시청률에서나 화제성에서나 내가 밀린다. 물론 타깃은 내가 아니라 박인호 국장인 것을 모를 리 없지만, 까딱 방심했다간 그 피해는 고스란히 내가 덮어쓰게 생겼네. 참 야마리(얌통머리) 없는 선배놈들이다. 쳇!'

전쟁, 박인호와 이탁경

주헌이 지금이라도 프로그램의 완성도를 높이는 편집에 더 신경을 써야겠다고 생각하며 돌아서는데, 독이 오를 대로 오른 박인호 국장의 목소리가 들렸다.

"야 이 차장, 이탁경이 너 미쳤어? 이게 지금 뭐하는 짓이야? 회사 말아먹을라고 작정한 거냐 지금?"

"뭘요? 제가요? 그럴 리가요? 지금 회사는 누가 말아드시고 있는지 설마 진짜 모르시는 겁니까, 국.장.님?"

"뭐야? 너 지금 무슨 헛소릴 지껄이고 있는지 알기는 하는 거지?"

"암요, 당근이죠. 국장님이야말로 지금 상황이 어떤 상황인지 모르시는 겁니까? 사장 라인이라면서요? 아직 모르세요? 썩은 동아줄을 잡으신 건가?"

"지금 뭐라고 자꾸 씨부리는 거야? 이 근본 없는 찍새 자식이! 노조빽 믿고 설치고 다니더니 눈이 이마빡에 붙었냐, 넌 위아래도 없어?"

인호는 냅다 이 차장의 멱살을 틀어쥐었다.

"거기서 위아래는 왜 찾으세요? 국장님이 믿고 계시는 윗.선.에서 결정한 일인데."

탁경은 국장에게 앉아서 당하고 있을 수만은 없었다. 당한 만큼 되돌려주고 싶었다. 견제가 필요했다. 이제 막 입봉하는 주헌에게는 미안한 일이지만, 6.25 특집 프로그램이 하나여야 한다는 내규가 있는 것도 아니고, 방송법이 있는 것도 아니고, 대중적인 아이템으로 시청률 좀 올리겠다는 게 무슨 잘못이란 말인가?

주헌의 편성 시간에 방송되게 해주면 큰 광고를 주겠대서 '윗선'에 건의했을 뿐이고, 결정은 거기에서 한 것인데 왜 자기한테 화풀이란 말인가?

박 국장이 저렇게 분해서 펄쩍 뛰는 것을 보니 오래된 체증이 가신 것처럼 시원했지만 사실 김영휘 장군, 아니 정확히 말하면 그의 장남인 헬시코리아 김재경 대표가 왜 자신에게 그런 제안을 한 것인지 본인도 궁금하지 않은 것은 아니었다.

탁경의 입장에서는 '꿩 먹고 알 먹는' 상황이라 딱히 마다할 이유가 없었을 뿐이었다. 어차피 다큐멘터리 시청률이야 거기서 거긴데 방송시간이 뭐가 그리 중요하다는 말인지. 의미만 챙겨 가면 신입 피디 입봉 작품으로는 꽤 괜찮은 거 아닌가! 박인호가 갑자기 왜 그 아이템에 꽂혔는지는 모르겠지만 6.25 특집하면 대중의 영웅 '김영휘 장군'이 제격 아닌가 말이다. 마침 김 장군을 주인공으로 만든 영화가 공전의 히트를 치면서 방송사들마다 섭외에 나섰는데, 그쪽에서 먼저 자신을 택해 준 것이었다. 거기에 광고까지⋯. 그런데 누가 누구더러 회사를 말아먹네 어쩌네 되도 않은 막말을 지껄이시는지. 탁경은 멱살을 잡히고도 이렇게 기분이 좋을 수 있다는 사실에 쾌감마저 느낄 지경이었다. 처음 느껴보는 기분이었다.

인호는 당황했다. 모든 것을 이탁경의 어깃장으로만 생각했다. 자신에게 당한 것이 억울해서 또 노조를 앞세워 공론화시키며 분위기 몰이에 성공해 토크쇼 제작에 앞장선 줄로만 알았다. 윗선에서도 논의되어 편성시간까지 바꾸기로 결정된 사안인 줄은 몰랐다. 뭔가 크게 잘못 돼 가고 있는 듯했다. 조정국이가 변심이라도 한 것인가? 당혹스러웠다.

주헌도 편성시간 바뀐 줄은 몰랐지만, 그렇다고 그것이 멱살잡이까지 할 일인지 이해할 수 없었다. 두 사람의 치졸한 싸움에 끼기는 죽기보다 싫었으나, 눈앞에서 언성을 높이며 멱살잡이를 하는 것을 보고 모르는 척 할 수도 없는 노릇이었다.

'나 편성시간 바뀌면 큰일 나는 거임? 어랏 잠깐만, 김영휘 장군? 최미사 수녀의 원고에 등장한 그 인물과 같다면…!'

심상치 않다는 느낌이 들었다. 주헌은 김대찬에게 전화를 하려다 바로 보도국으로 향했다. 기자 특성상 밖에 있을 확률이 높았지만 마음이 급했다. 전화는 그쪽에 가서 해도 늦지 않으니 달리기 시작했다. 보도국 문 앞에서 마침 휴대폰 통화 알림이 진동했다. 김대찬이었다. 대찬은 다급한 목소리로 새로운 파일을 보냈으니, 보고 다시 연락하자며 전화를 끊었다. 뭔가 다급한 상황인 것 같았다.

조정국 의원이 변심한 것은 아니었다. 자신의 의도대로 일이 잘 굴러 가고 있었던 것이다. 이제 민경민만 자신의 의도 안에서 움직여 준다면 만사형통이었다. 선친 조문도가 물려준 극비 문건은 아직도 자신만이 갖고 있었다. 보도국 심층취재로, 시사교양국 한국전쟁 특집 다큐로 제작 중인 대외비 문건은 자신이 재경청산시향우회에 참석해 슬쩍 흘리며 박인호 국장의 손을 거쳐 흘러 들어가게 했다. 모두 의도된 것이었다.

시작은 조문도 의원이 임종 직전에 자신에게 준 문서에서부터 시작된 것이지만, 이번 일은 1년 전 2020년 11월 10일 광명역에서 비롯됐다. 조정국은 해군 창군 75주년 행사에 참석하기 위해 진해로 출발하는 고 최병흠 중령의 딸 최미조의 캐리어를 가져 오라고 사주한 장본인이었다. 이유는 하나. 김영휘 장군이 눈엣가시로 여기는 최 중령의 딸들을 이용해 그를 자극, 그 실체를 세상에 알리고 그의 아들 김재경의 대선 독주를 저지하기 위해서였다. 그것이 평생 그와 그 조직에 이용 당하다가 온갖 누명을 뒤집어쓰고 세상을 떠난 자신의 아버지에 대한 도리라고 생각했다.

그런데 김영휘 쪽에서 예상보다 더 예민하게 반응하는 바람에 일이 꼬이고 있었다. 김영휘의 재력은 조정국이 생각한 그 이상이었다. 지금 기세로 보면 DBS를 손에 넣고도 남을 것 같았다.

또 다른 청진상륙작전

회의실로 돌아온 주헌은 김대찬 기자에게 받은 파일을 출력해 읽고 또 읽었다. 마음은 급했으나, 도통 무슨 문서인지 해독 불가여서 당혹스러웠다. 조선시대 문서인가? 조사 빼고는 모두 다 한자, 손글씨에 단기를 쓰고 있었다. 현타(현실자각 타임)가 밀려왔다.

'백 년 세월이라면 충분히 그럴 수 있는 일. 나는 무식하지 않다. 내가 무식한 게 아니다, 세월 탓이다.'

스스로 최면인지 위로인지 암튼 마음을 다스려 보았지만 한눈에 알아보기 힘든 것은 물론 천천히 봐도 모르긴 마찬가지였다. 해군본부에서 받은 최병흠 중령의 이력과 인사기록 등이 적힌 문서라는 사실만 명확할 뿐 정확한 해석이 필요했다.

민 작가와 새봄 작가를 불러 나눠 해석해 보자고 했다. 그러나 옥편에서도 찾기 힘든 약자는 외국어나 다름없었고, 겨우 찾아낸 글자를 읽는 것도 버거웠다. 새봄 작가는 어느새 소리도 없이 사라졌다. 답답한 마음에 한 대 피우러 갔거나 화장실에 갔으려니 생각했는데, 30분이 지나도록 돌아오지 않았다. 하긴 문서 해독에 큰 도움은 되지 않을 터였다.

"송 피디님 여기 문서 페이지 숫자가 좀 이상한데요?"

민 작가 말대로 문서 쪽수가 이상했다. 그것만은 한눈에 알 수 있었다. 군데군데 비어 있기도 했고 누군가 두 줄로 긋고 손글씨로 쪽수를 고쳐 놓았다. 조작됐다기에는 너무나 허술했지만 채워져 있어야 할 문구가 알 수 없는 이유로 듬성듬성 빠져 있었다.

"어, 여러 번 지웠네."

"네. 지우고 다시 번호를 매긴 부분도 있는데 여기. 여기처럼 대놓고 몇 쪽씩 건너 뛴 부분도 많아요."

"다 공개한 게 아니라 뭔가 빼고 보냈다는 얘기네요?"

"그건 분명한데 이렇게 대놓고 티나게 고치고, 뻔히 빈 부분을 아는데 아무 설명도 없이 그냥 보냈다? 기자랑 피디한테? 우리를 바보로 아는 건가?"

"지금은 바보라 그래도 할 말은 없지 않나요?"

"흐흐흠 농담이 나와요, 지금?"

"근데 왜 웃어요, 작가님은? 전 굉장히 도전적으로 느껴지는데요. 배째라, 어쩔래? 뭐 이런."

주헌과 경민은 이런 얘기들을 하며 거의 자포자기 상태로 있었다. 그때 구세주가 나타났다. 뺀질이 새봄 작가가 사내 서예동호회에 가서 서예가를 모시고 나타났다. 마침 사내 1층 로비에서 동호회원들 작품을 전시 중이라 나와 있던, 방송 출연도 하셨던 저명한 서예가였다.

'우와~! I.Q는 모르겠지만 우리 새봄 작가의 J.Q(잔머리지수) 하나는 끝내준다!'

30분도 안 돼 문서 해독이 끝났다. 아, 이런 허무한 기쁨이라니….

해독이 끝난 후에도 풀리지 않는 의문은 또 있었다. 종교를 묻는 란에 '없음'이라고 적은 글자였다. 기존의 표기 방식대로 '無'나 '무', 'X'가 아니라 갑자기 '없음'이라니? 다른 문서들과 필체가 달랐던 것은 물론이거니와 백번 양보해서 누가 대신 적었다 치더라도 납득하기 힘든 부분이었다.

대대로 가톨릭 집성촌에서 나고 자란 최병흠 중령이었다. 아내 역시 한 때 수도자 생활을 했었고, 최 중령 역시 사제가 되고자 소신학교, 대신학교를 다닌 사람이었다. 그뿐인가? 세 딸들에게 수도자의 길을 권유하며 교육한 사람 아닌가. 게다가 종교를 포기하면 권력과 부를 누리게 해주겠다는 루치페르의 제안마저 뿌리치고 온갖 고초를 다 겪고 있는 사람이 인사기록에 '없음'이라고 적었다는 것은 누가 봐도 앞뒤가 맞지 않는 일이었다.

그렇다면 누군가 대신 써 넣었거나, '아주아주 특별한 이유'로 최병흠 중령이 마지 못해 썼다는 것이 되는데, 후자로 보기에는 의문점이 많았다. 조사 빼고는 모두 한자인데 정확한 한글로 기록된 점도 그렇고, 다른 기록들에 쓰였던 필기도구와는 굵기며 농도가 달랐다.

출력물과 원본 파일을 열어 함께 확인해 보았으나 결과는 같았다. 오히려 모니터에 띄워 놓고 보니 더 확실해졌다. 주헌은 민경민 작가에게 일단 해군 쪽에 빠진 부분에 대한 추가 제출 요청을 하자고 했다. 만약 불가하다면 그 이유를 알고 싶다는 일종의 해명 요구 공문도 보내 보자고 했다. 민 작가는 바로 새봄 작가와 함께 해군 측에 보낼 공문을 작성하기 시작했다.

주헌은 김대찬 기자의 다급한 목소리가 마음에 걸렸다. 해석하기에 애를 먹은 것 빼고는 그가 보낸 문서에 다급해 할 만한 내용은 없기 때문이었다. 입대부터 전역까지의 인사기록과 학력을 비롯한 개인 신상 정보, 그리고 상벌에 관한 내용이 전부였다. 무엇이 그토록 김 기자를 다급하게 만들었던 것일까, 자신이 뭔가 빠뜨린 게 있는 것일까? 다시 한 번 문서들을 살펴보았다.

그보다도 주헌은 스폿 영상에서 보았던 김영휘 장군에 대한 김 기자의 생각이 궁금했다. 김대찬에게 전화를 걸었다. 대찬은 안 그래도 전화하려던 참이었다라며 촬영팀과 함께 준비되는 대로 계룡시로 빨리 내려오라고 했다. 김대찬 기자는 해군역사기록보관소에 있다며 드디어 '청진상륙작전'에 관한 기록을 찾은 것 같다고 말했다. 촬영 허가도 이미 받아났고, 문서 관련 공식 인터뷰도 가능할 것 같다는 믿기지 않는 희소식을 전했다. 제보자 자매도 함께하는 것이 더 그림이 되지 않느냐며 촬영팀과 함께 모시고 오라는 당부도 잊지 않았다. 나머지 현장 준비는 자신이 맡겠다고 했다.

주헌의 마음도 급해졌다. 대강의 촬영 콘티를 머릿속으로 그리며 제보자 자매에게 전화를 했다. 역시 받지 않았다.

"송 피디님, 여기부터 찍으면서 내려가는 것 어떨까요? 제보자 상황도 보여줄 수 있고 좋은 것 같은데."

"새봄 작가가 간만에 쓸 만한 얘길 하네. 좋은 것 같아요, 송 피디."

"적응하기 힘들게 왜 그래요? 두 작가님들께서 의견 일치를 다 보시고. 혹시 그날 그 초록병의 힘?

주헌은 휴대폰에 촬영용 마이크를 달고 제보자에게 전화를 거는 신부터 촬영하기 시작했다. 텔레그램으로 문자를 확인하는 대로 가능한 한 빨리 연락해 달라고 하는 장면까지. 여유가 있었다면 제보자 아파트에 들러 그 반응까지 함께 담고 싶었으나, 지체할 시간은 없었다. 어차피 제보자 씬은 따로 날을 잡아야 할 것이었다.

그러나 의외로 쉽게 풀리는 것이 마음에 걸렸다. 최병흠 중령이 살아생전 그렇게 찾아 헤매던 청진상륙작전에 관한 기록이 갑자기 툭 튀어나온 것도 개운치 않았다. 민 작가 말대로 이젠 세월이 흘러 최 중령까지 관계자 모두가 별세해 기밀문서가 해제된 게 아니겠냐는 생각에는 동의하지만, 논리적으로 설명되지 않는 불안감은 어쩔 수 없었다.

불안감은 해군역사기록관리단으로 향하는 두 시간 남짓한 시간 내내 주헌의 머릿속에서 떠나지 않았다. 너무 기대가 큰 때문일 거라고 마음을 다잡으며 도착부터 관계자 인터뷰 인서트 촬영 등 동선 회의에 집중했다. 주헌은 이 중요한 순간에 최미조, 최미동 자매가 함께하지 못하는 것이 아쉬웠다. 바람이 있다면 촬영이 진행되는 동안에라도 자매가 전화를 걸어오는 것이었다. 기쁨과 감격에 겨운 두 사람의 목소리라도 담을 수 있었으면 했다.

촬영 차가 도착하자 주차장에서 초조하게 기다리던 김대찬이 먼저 달려왔다. 보도 인트로 부분은 이미 따 놨으니 바로 들어가자며 서둘렀다. 주헌은 좀처럼 볼 수 없는 대찬의 들뜬 모습을 보니 비로소 기대감이 차오르기 시작했다. 동지가 있다는 게 그렇게 힘이 될 수 없었다. 작가들과 함께하면서 느꼈던 연대감과는 약간 다른 결의 느낌이었다. 굳이 표현하자면 마음 놓고 기댈 수 있는 든든함이라고 할까. 그것은 모든 면에서 선배이자 능력 있는 베테랑 기자만이 줄 수 있는 그런 것이었다.

주헌은 촬영팀을 이끌고 대찬을 따라 단장실로 향했다. 정복을 갖춰 입은 단장 이필성 대령이 맞았다. 테이블 위에는 미리 출력해 놓은 청진상륙작전 관련 문서가 가지런히 놓여 있었다. 심장이 쿵쾅대기 시작했다. 자리에 앉아 문서를 넘기는데 순간 눈앞이 캄캄했다. 오전 회의실에서의 악몽이 떠올랐다. 조사만 빼고 모두 한자 필기체의 손글씨, 게다가 바로 앞에서 카메라까지 돌아가고 있는 상황 아닌가! 등에서 식은땀이 삐질삐질 솟기 시작했다. 뭐라고 말도 못하겠고 슬쩍 김대찬 쪽을 보니 잘 타이핑된 한글이 보였다.

'엇? 아우 한 장만 더 넘겨 볼 걸!'

바로 뒷장에 한글본이 첨부돼 있었던 것이다. 식은땀이 싹 가시고 부끄러움에 얼굴이 화끈거렸다. 그러나 그것은 곧 분노로 바뀌었다. 그것은 청진상륙작전이 아니었다. 흘려 쓰든 정자로 쓰든 어떻게 쓰든 최병흠이라는 한자는 이제 어디서든 찾아낼 수 있는 경지에 이르렀는데, 어느 페이지에서도 보이지 않았다.

"이필성 대령님, 분명히 1950년 9월 13일 함경북도 청진에서 벌어졌던 청진상륙작전이라고 말씀드린 것 같은데요."

"전 분명히 인천상륙작전을 성공으로 이끈 기만 작전인 청진상륙작전이라고 들었습니다. 아닙니까?"

"지금 저랑 말장난 하시자는 겁니까?"

"김.대.찬 기자님! 말장난이라니요? 말장난은 기자님들 전공 아닙니까? 제가 특별히 기자님을 위해 중요한 기록 문서까지 찾아드렸으니, 이제부터라도 똑바로 보도하십시오! 대한민국 해군 역사에 길이 빛날 청진상륙작전은 현재 인천광역시 서구 청라의 다른 이름인 청진에서 일천구백 오십년 구월 십삼일 이십 삼시부터 동년 구월 십오일 이십 사시까지 김영휘 소령의 지휘 아래 펼쳐졌던 기만작전 하나뿐입니다. 더 질문하실 거 있습니까? 인터뷰는 얼마든지 해 드리겠습니다."

'김영휘'라는 이름이 송주헌을 환기시켰다.

"김영휘 소령이라면, 그 영화의 주인공 김영휘 장군을 말씀하시는 겁니까?"

"네 맞습니다. 우리 피디님은 제대로 알고 계시는 것 같아

이제야 마음이 놓입니다. 더 궁금한 점이 있습니까? 없으시면 공식 인터뷰는 여기서 끝내도록 하겠습니다."

주헌 일행과 김대찬 기자는 이필성 대령의 턱짓 하나로 움직이는 부하들에 의해 쫓겨나다시피 밖으로 나왔다. 부하들은 정중했으나, 위협적이었다. '용무 끝나셨으면 이제 돌아가셔도 됩니다' 한 마디 이후 무표정한 얼굴로 어떤 말은 물론 그 어떤 반응도 없는 그들의 응대는 꽤나 위협적으로 느껴졌다.

보도국 기자 15년차 김대찬과 시사프로그램 피디 3년차 송주헌은 그 동안 취재 도중 조폭이나 기도들의 험한 욕설과 거친 위협도 제법 겪어 봤지만 이렇게 위압적이었던 적은 없었다. 주헌은 '비폭력 철통 방어란 말이 있다면 바로 이런 것이겠구나' 생각했다. 제보자 최미조, 최미동 자매가 떠올랐다. 메이저 방송사의 보도기자와 피디도 이토록 쫄게 만드는 거대 권력이라면 민간인 하나둘쯤 상대하는 건 일도 아닐 지 모른다는 생각마저 들었다.

인원 제한으로 밖에서 기다리던 작가들과 일부 스텝들이 기대에 찬 얼굴로 달려왔다. 어떻게 됐느냐는 새봄 작가에게 대답 대신 손에 쥐고 있던 자료를 넘겨주었다. 김대찬 기자는 나오자마자 보도국장에게서 걸려온 전화를 받았다. "지금 뭐 하고 다니는 거냐"는 국장의 고함소리가 휴대폰을 뚫고 나왔다. 대찬 역시 물러서지 않고 부당함을 따지는 듯 했으나, 표정으로 봐서 뭔가 예상과 다른 방향으로 흘러가고 있다는 느낌이었다.

주헌은 자신이 유능한 피디의 가능성이 없어도 좋으니 이번 만큼은 불안한 촉이 틀리기를 바라고 또 바랐다. 왜 나쁜 예감은 꼭 적중하고 마는 것인지! 청진이 인천 청라의 다른 이름이라는 사실과 김영휘라는 이름은 죽을 때까지 잊지 못할 것 같았다. 다행이라고 해야 할지 모르겠지만, 제보자 자매는 아직도 주헌이 보낸 텔레그램 문자를 확인조차 하지 않고 있었다.

헬시코리아 대표 김재경

보도국장과 대판 한 것으로 보이는 김대찬은 주헌에게 서울까지 자기 차로 함께 가자고 했다. 그가 제안하지 않았다면 주헌이 먼저 했을 것이었다. 논의할 것도 있고 묻고 싶은 것도 많았는데, 서로 시간에 쫓겨 여유 있게 얘기할 시간이 없었기 때문이다. 결정적으로 오늘 일은 도저히 혼자서는 감당이 되지 않는 사건이었다.

"내가 너무 순진했어. 자료를 공개하지 않고 인터뷰를 미룰 때부터 눈치챘어야 하는 건데, 이렇게 말도 안 되게 당하다니."

대찬은 분기를 누르지 못하고 자책했다.

"전 오히려 좋은데요. 데코보코가 생겼잖아요. 이걸로 확실해진 거 맞잖아요. 전 최병흠 중령 청진상륙작전에 확신이 드는데요."

"같은 생각이야. 열 받긴 하지만 이렇게 쉽게 발톱을 드러낼 줄은 몰랐거든. 뭔가 있다는 거지."

"뭘까요? 왜 최 중령의 청진상륙작전을 덮으려고 하는 걸까요? 선배, 김영휘 장군이 우리가 아는 그 6월의 남자 맞죠?"

"맞지. 해군이랑 해군 가족이 힘을 모아 종이봉투 접어서 해군사관학교를 세웠다는 그 김영휘 장군이지."

"예전엔 대단하다고 생각하고 다 믿었는데요. 이상하지 않아요? 종이봉투를 도대체 얼만큼 접으면 학교를 세울 수 있는 거죠? 금종이인가?"

"하하하 그뿐인 줄 알아? 해군 UDU 출신 전쟁 영웅에다 요즘은 미담 제조기로 유명세를 타고 있잖아. 다 이유가 있는 행보라는 소문이 파다해."

"어떤 소문인데요?"

"장남 헬시코리아 김재경 대표를 다음 대선에 세우기 위한 밑작업이라는 거지."

"아, 헬시코리아 대표라면 우리 학교 동문회장 아닌가요."

"왜 아니겠어."

'그래서 내 프로그램 편성시간을 치고 들어온 거구나.'

주헌은 그제야 이탁경 차장과 박인호 국장의 멱살잡이가 이해될 것 같았다. 그렇다면 자신이 몸담고 있는 DBS까지 김영휘 장군의 영향력 안에 있다는 말인가? 도대체 그 사람의 실체는 무엇일까? 구순이 넘은 퇴역 장군이 어떻게 하면 아직까지 해군의 실세가 되고 장남의 차기 대권을 노리며 방송사에까지 영향력을 행사할 수 있는 것일까? 김영휘에 대한 주헌의 의문은 꼬리를 물고 이어졌다. 그 나이에 장남을 대통령으로 세우고 수렴청정이라도 할 생각인가?

김대찬이 알아낸 사실에 의하면 김영휘 장군은 순수한 전쟁 영웅이 아니었다. 1972년 미국으로 건너가 시민권자로 살다가 2000년대 초반 한국으로 돌아왔다. 그간 활동한 흔적들을 추적해 보면 뭔가 큰 그림 위에서 행보를 이어가고 있다는 걸 짐작할 수 있었다. 대한민국을 구한 전쟁영웅, 6월의 남자로 불리며 그를 주목받게 한 영화 제작도 어쩌면 치밀하게 계산된 전략 중 하나일 가능성이 컸다. 영화는 제작 전부터 각종 매체를 통해 인터뷰와 보도들이 아주 매끄럽게 발표됐다. 마치 대기업 홍보실에서 신제품 출시를 알리는 자료를 배포하고 기사를 유포하고 매출로 이어지게 하는 수순을 그대로 따른 것 같았다.

그렇다면 왜 김 장군은 최병흠 중령의 청진상륙작전을 비롯한 모든 업적을 지우려고 하는 것일까. 무엇이 오랫동안 숨겨 왔던 그의 발톱을 여과 없이 드러내게 만들었다는 것인가. 어렴풋이 짐작되는 것이 있다면 헬시코리아에 뭔가 있을 거라는 정도였다.

그러나 워낙 좋은 이미지로 잘 포장되어 있는 데다, 그 본사가 미국 맨해튼에 있다 보니 접근하기가 좀처럼 쉽지 않았다. 당연히 알려진 정보도 많지 않았다. 기업 규모가 상당하고 재정상태가 탄탄하다는 긍정적인 측면만 부각된 증권가 찌라시만 나돌았다. 겉으로 드러난 것은 보청기와 헬스 의료기 제조와 유통이었지만, 진짜 돈을 벌어다 주는 사업은 따로 있다는 소문뿐이었다.

김대찬 기자가 이 찌라시를 접했을 때 떠올린 것은 바로 주헌이 보내준 마이클 조이 장군의 편지였다.

대연각 호텔 화재 - 미국에서 온 편지

Dear friend, Lieutenant Colonel Byung-Hum Choi

Thanks to you, I came back safely to the arms of my be-
loved family
I am writing to you who have become my lifelong bene-
factor and friend.
Mr. Choi, what other misfortune has happened to you?
Even after safely returning to the United States
Your worries haven't gone away.
You jumped into that terrible fire and saved me
What can I repay your kindness with?

Thanks to you who are brave and loyal

I'm alive and breathing like this

Mr. Choi, I can't sleep because I'm worried about you.

That day, a fire broke out at the Daeyeongak Hotel where I stayed.

If someone was a fire targeting you and me,

me and you who survived

I can't help but think that I will try again.

I listened to your story and thought about it.

Maybe they know why I came to you

It seems that they were people who knew.

I was wounded during the Korean War and returned to the United States.

After the prequel, I got to know an arms dealer from Turkey and made a lot of money.

That person wanted to expand business to Korea and Japan as well.

He was looking for someone he could trust to work with.

I went to Korea thinking of introducing you Mr. Choi.

Because you could trust me.

And the night before I met you

There was a person who knew about this and came to me.

They offered to give them arms trade rights.

Daeheung Cho.Do you know this person?
Please don't forget this fact and take care of yourself.
A hero like you who saved our country
I am very disappointed in your neglected country.

By the way, Dan-i, the child you saved in the Chungjin at
that time, is doing well, right?

January 15, 1973
Michael Joy in L.A.

친애하는 나의 친구 최병흠 중령께

당신 덕분에 무사히 사랑하는 내 가족들 품에 돌아와
나의 평생 은인이자 친구가 된 당신에게 편지를 씁니다.
미스터 최, 당신에게는 다른 무슨 변고가 생기지는 않
았겠지요?
미국으로 무사히 귀국을 하고서도
당신 걱정이 떠나지 않았습니다.
그 무서운 화마 속에 뛰어들어 나를 구해준
당신의 은혜를 무엇으로 보답할 수 있을까요?

나는 용감하고 의리 있는 당신 덕분에

이렇게 살아서 숨 쉬고 있지만

미스터 최, 당신이 걱정되어 잠을 이룰 수가 없습니다.

그날 제가 머문 대연각 호텔에서의 화재가

누군가 당신과 나를 노린 화재였다면

살아남은 나와 당신을

또 다시 노릴 것이라는 생각이 떠나지 않습니다.

당신의 얘기를 듣고 곰곰이 생각해 보니

어쩌면 그들은 내가 당신을 찾아간 이유를

알고 있는 자들이었던 듯합니다.

나는 한국전쟁 중에 부상을 입고 미국으로 돌아와

예편 후, 터키 출신의 무기거래상을 알게 되어 큰돈을

벌었습니다.

그 사람은 한국과 일본으로 거래처를 확장하기를 원했고

자신과 함께 일할 신뢰가 가는 인물을 찾고 있었습니다.

나는 미스터 최 당신을 소개하기로 생각하고 한국으로

갔던 것입니다.

당신이라면 믿을 수 있었기 때문입니다.

그리고 당신을 만나기 전날 밤,

이 일을 알고 나를 찾아왔던 사람이 있었습니다.

자신들에게 무기거래권을 달라고 제안을 했지요.

조대흥. 이 사람을 혹시 아시는지요?

부디 이 사실을 잊지 마시고 몸조심하기를 바랍니다.

조국을 구한 당신 같은 영웅을

홀대하는 당신의 조국에 실망이 이만저만이 아닙니다.

참 그때 청진에서 당신이 구한 아이, 단이는 잘 지내고 있겠지요?

1973년 1월 15일

LA에서 마이클 조이

　주헌이 보내준 마이클 조이 장군의 편지로 짐작해 보면 대연각 호텔 화재 사건과도 김영휘 장군은 관계가 있어 보였다. 아니 적어도 없어 보이지는 않았다. 화재 사건 다음해, 정확히는 1972년 2월에 미국으로 건너갔다. 헬시코리아 설립년도와 같았다. 그러나 편지 속 조대흥이라는 인물은 김영휘의 주변을 아무리 뒤져도 찾을 수 없었다.

　"송 피디, 혹시 조대흥이라는 인물 알아?"

　"알긴 알죠. 최미사 수녀 원고와 편지에서 본 게 다라 그렇지. 실제 인물인 것 같긴 한데…. 저는요, 조대흥이라는 비선 실세도 궁금하지만요, 단이는 도대체 어디로 간 걸까요? 마이 클이 데려간 것 같지는 않고. 다시 월북했나?"

"뭐?"

"아, 내가 왜 그 생각을 못했지? 아, 바보바보."

"왜요, 단이 찾았어요?"

"아니, 대연각 호텔 화재 사건이라고 그랬지?"

"네, 1971년 크리스마스에 일어난 화재요."

김대찬은 회사 자료실 영상부터 찾아보자고 했다. 대연각 호텔 화재 현장에 최초로 중계차를 띄우고 생방송으로 생생하게 현장을 보도했던 방송사가 DBS 즉, 회사라고 했다. 반드시 자료가 남아 있을 거라며 혹시 그 영상에서 뭐라도 찾을 수 있을지 모른다며 벅차했다. 알고 보니 대한민국 최초로 중계차 앞에서 생방송 리포트를 했던 기자는 바로 대찬의 부친 김범택 대기자였다.

자료실에서 찾아낸 희망

　　주헌은 자료실로 향했다. DBS 대선배 김범택 기자의 중계차 리포트를 찾았다. 2분 50초짜리 짧은 스탠딩 영상이었다. 대연각 호텔 앞에서 화재 현장을 생생하게 전하고 있는 영상이었다. 그러나 열 번 가까이 되감기를 해서 돌려봐도 알 수 없었다. 흑백 영상인데다 워낙 오래된 필름이라 노이즈가 심했다. 아카이브센터에 노이즈 제거와 영상 복원을 신청했다. 방송 제작을 앞두고 있는 영상이니 우선 처리를 부탁한다는 말도 잊지 않았다. 아무리 빨리 작업해도 1주일 이상 걸린다는 담당자의 답변이 돌아왔다. 답답했지만 기다리는 수밖에 없었다.

급할 때 1주일이란 시간은 얼마나 길게 느껴지는지. 최종 편집을 앞두고 있으면서도 주헌은 일이 손에 잡히지 않았다. 복원해 온 2분 50초짜리 영상을 보고 또 봤다. 현장 소식을 전하는 김범택 기자 뒤로 구조대와 구경꾼과 피해자들이 뒤엉켜 그야말로 아수라장이었다. 하도 돌려 보다 보니 어느새 멘트까지 줄줄 외는 지경에 이르렀다. 주헌이 영상에 집착하는 이유는 최미사 수녀가 보내준 편지와 김대찬 기자에게 들은 정보 때문이었다.

동생들도 아직 모른다는 최미사 수녀의 편지는 마이클 조이 소장의 편지였다. 다리 부상으로 예편 후 방위산업 사업가로 크게 성공한 마이클은 사업차 일본에 왔다가 최병흠 중령을 만나기 위해 2박 3일 짧은 일정으로 한국에 왔다고 했다. 원래는 크리스마스를 앞두고 23일 미국으로 돌아가기로 되어 있었으나 어렵게 연락이 닿은 최 중령을 만나기 위해 한국행을 택했던 것이었다. 그가 머물기로 한 곳이 바로 대연각 호텔이었다. 마이클은 25일 10시에 호텔 커피 숍에서 최병흠을 만나기로 했다. 주헌은 어쩌면 이 영상 속에서 최 중령과 마이클 조이 소장을 볼 수 있지 않을까 하는 기대로 보고 또 보았던 것이다.

"서울 대연각 호텔 화재 현장입니다. 지난 12월 25일 아침 발화해서 18시간 만에 진화된 이 불은 200명에 가까운 인명 피해를 가져왔습니다. 이처럼 끔찍스런 참사를 통해서…."

주헌은 기자 멘트 중 '끔찍스런'과 '참사', 정확히는 '런' 과 '참' 사이에 주목했다. 흰 가운을 입고 들것으로 피해자를 이송 중인 구조대를 찍은 게 분명했지만, 그 사이 수많은 인파 속으로 사라지는 양복차림의 한 남자를 주목했다. 또 외국인 부상자를 부축해서 겨우 발걸음을 옮기는 군복 차림의 한 남자에 집중했다. 하필 그 부분에서 필름 상태가 안 좋아 얼굴을 식별하기 힘들었지만, 주헌이 가지고 있는 정보가 맞다면 군복 차림은 최병흠 중령이 분명했다. 그의 부축을 받고 있는 서양 남자는 당연히 마이클 조이가 맞을 터였다.

한시라도 빨리 확인하고 싶었다. 일주일을 그냥 앉아서 기다릴 수는 없었다. 주헌은 자료실로 달려갔다. 담당자에게 전체가 아니어도 좋으니 자신이 필요한 부분만이라도 좀 먼저 서둘러서 작업해 줄 수 없느냐고 부탁했다. 나중엔 해 줄 때까지 옆에서 기다리겠다고 생떼를 쓰다시피 했다. 밤샘 작업을 해서라도 빨리 해 드릴 테니 가서 기다리시라는 대답을 받아 내고서야 자료실을 나왔다.

의문의 전화 한 통

편집실에 돌아왔지만 일이 손에 잡히지 않는 건 마찬가지였다. 그때 낯선 번호로 전화가 걸려 왔다. 어제도 이 시간쯤 왔었다. 그러고 보니 며칠째 같은 시간에 같은 번호로 걸려왔다. 휴대폰 번호도 아니고 숫자의 조합이 낯선 것으로 보아국제전화가 분명해 보였으나, 피싱 전화인 줄 알고 번번이 무시했다. 이번에도 받을까 말까 망설이는데 전화가 끊겼다. 잠시 후 문자가 왔다.

'최병흠 소령님에 관한 일입니다. 꼭 통화하고 싶읍니다.'

'소령님', '읍. 니. 다.?', '~습니다'를 아직도 '읍니다'로 표기한다는 것은 연배가 좀 있는 사람이라는 뜻이었다. 그런 분이 최병흠 중령에 관한 일로 통화를 하고 싶다고? 게다가 소령님이라 부르고 있다. 혹시 청진상륙작전 관련자? 여기에 생각이 미치자 주헌의 손이 먼저 그 번호를 터치하고 있었다. 신호음이 몇 번 울리고 상대방이 전화를 받았다.

"여보세요? 안녕하세요, 저는 DBS 피디 송주헌이라고 합니다."

"네, 알고 있습니다. 제가 누군지 아직은 밝힐 수 없습니다만 피디님을 만나고 싶습니다…."

영어 투가 묻어나는 한국어와 단정한 어조, 연륜이 묻어나는 목소리에서 수화기 너머 그녀가 오랜 기간 미국에서 생활한 사람이라는 것을 짐작할 수 있었다.

"최병흠 중령님과는 어떻게 아시는 사이신가요?"

"그 분은 청진에서 저를 구해준 은인입니다."

주헌은 전율했다. 최미사 수녀의 원고에서 보았던 단이, 바로 그 '아이' 같았다.

"혹시 어릴 적 이름이 단이 맞으십니까?"

"네, 제가 단입니다. 장단이."

어떻게 표현해야 할까? 주헌은 이 순간만큼은 지상의 어떤 언어로도 표현할 수 없다고 생각했다. 숨을 쉬기 힘들 만큼 기쁘고 벅찼다. 우선 통화내용 녹음부터 해야 한다고 생각했다.

아니, 이미 자신의 전화는 녹음 설정이 되어 있으니, 그 사실을 알리면 되었다. 상대도 수긍했으나, 둘의 통화는 그것으로 끝이 났다. '네, 괜찮습니다'라는 대답과 함께 통화 두절 상태가 되고 말았다. 다시 걸었지만 연결되지 않았다. 이상했다.

주헌은 회의실로 향했다. 일단 이 소식을 제보자에게 알리자고 했으나 민 작가는 좀 더 지켜보자고 했다. 먼저 그분 신원부터 확인한 후 알리는 게 낫지 않겠냐는 의견이었다. 듣고 보니 맞는 얘기긴 했지만 금세 기운이 빠졌다. 민 작가는 한마디 덧붙였다. 그쪽에서 먼저 단이라고 한 것이 아니고 송 피디가 먼저 단이 아니냐고 묻는 말에 그쪽이 대답한 것이라고. 주헌은 괜히 빈틈없는 민 작가에게 화가 났다.

"민 작가님은 항상 부정적이시더라."

"그러게요. 우리 왕 작가님은 사람 삐뚤어지게 만드는 묘한 능력이 있으시다니까요. 제가 다시 정리해 드릴게요. 송 피디님은 단이가 맞냐고 물었구요, 그분은 단이라고 대답한 게 아니라 자기가 장단이라고 대답했죠. 그러니까 송 피디님 생각대로 희망을 갖자구요. 뭐 신원 확인은 거쳐야겠지만요."

'이건 돌려까기?'

그러나 두 작가 모두 맞는 말이었다. 그것을 주헌도 모르지 않았지만, 마음이 급하다 보니 자꾸 감정적으로 대응하게 됐다. 제보자 자매에겐 확실한 정보로 확인될 때까지 함구하는 것이 옳다고 결론지었다. 많은 인내심을 필요로 하는 일방적인 소통은 송주헌 피디를 점점 지치게 만들었다.

처음엔 단순한 통신 장애로 생각했다. 그러나 다음날도 그 다음날도 통화 연결음만 울리다가 뚝 끊어지는 상황이 이어지자 그게 아닐 지도 모른다는 의심이 들기 시작했다. 상대에게 무슨 일이 생긴 것 같았다. 누군가의 감시를 받고 있거나, 적어도 주변을 경계하며 비밀스럽게 통화를 시도했던 것이라고 느껴졌다.

'부디 무사하시기를, 다시 만날 수 있기를'

주헌은 제보자 최미조 집 벽에 걸려 있던 날개 달린 성모 마리아를 떠올렸다. 주헌은 그 마리아께서 자매를 지켜주셨듯이, 단이를 지켜 달라고 자기도 모르게 마음속으로 빌었다.

김대찬의 배신

최종 편집이 거의 막바지를 향해 가고 있을 때 새봄 작가가 편집실로 뛰어 들어왔다. 휴대폰으로 저녁뉴스를 보여 주었다. 김대찬 기자의 기획보도였다. 어깨걸이 메인 타이틀과 자막부터 경악스러웠다.

"수훈증 조작에 브로커 개입 – 선친 이름에 먹칠한 유족들"

"저희는 속을 수밖에 없죠. 수훈증도 있고 사진도 있고 필요한 서류들이 다 있으니까요. 아마 보험사 쪽 협조가 없었으면 그대로 묻힐 뻔 한 거죠."(보훈부 직원 ○○○)

"최 모 대위 유족들이 주장하는 청진상륙작전은 브로커

들이 인천 청라지역의 구명칭인 청진을 함경북도 청진으로 잘못 이해해서 벌어진 해프닝으로 볼 수 있습니다. 대위를 중령으로 올리시고. 또 그걸 가지고 제소까지 하시고 안타깝기도 하고… 참 어이가 없는 일입니다."(해군역사기록단장 이필성 대령)

"상당한 피해망상이 있어 보였습니다. 휴대폰 도청을 당하고 있다고 하셨고. 환풍구에서 유해물질이 살포된다고 신고하셔서 담당 경찰관 분이 저에게 도움을 요청하신 겁니다."(동남구청 심리상담사 김 모씨)

한국전쟁 참전 유공자 가족이 유족연금을 노리고 브로커와 담합해 사기행각을 벌이다 발각돼 놀라움을 전하고 있습니다. 보훈부와 수사당국은 혐의가 입증되는 대로 관련자를 불러 수사할 계획이라고 말을 아꼈지만 전 보훈부 직원, 퇴역군인 등으로 구성된 신종 국가연금 브로커들은 한국전쟁 당시 큰 공을 세운 유공자들의 이름에 먹칠을 하고 있습니다. 선량한 다른 유공자들에게 해가 가지 않을까 우려하는 목소리도 커지고 있습니다.

그러나 국가 정책 변경으로 받지 못한 큰 액수의 보상금과 유족 연금을 탈 수 있게 해 주겠다고 속여 접근한 신종 국가 연금 브로커들에게 속아 불법을 자행하는 유족들이 대부분으로 관계 당국은 이들을 걸러 내느라 몸살을 앓고 있다고 합니다. 잠시 잘못된 판단으로 이미 고인이 된 국가 유공자의 이름에 먹칠을 하는 이런 부끄러운 일은 근절되어야 할 것입니다.

지금까지 한국전쟁발발 72주년 특별탐사보도 DBS 김대찬이었습니다.

"저 미친! 아, 저 새끼 기자 맞아요?"

쌍욕도 아까웠다. 인터뷰에 응한 인물들은 이미 취재 중에 만난 관계자들이었지만 정반대의 입장에서 근거 없는 얘기를 쏟아내고 있었다. 조작임이 틀림없었다. 방송을 일주일 남겨 놓은 상황에서 김대찬이 어떻게 이런 말도 안 되는 보도를 할 수 있는 것인지 주헌은 이해할 수도 없었고 믿기지도 않았다. 인간적인 배신감에 머리끝에서부터 핏기가 가시며 손이 부들부들 떨렸다.

자기가 알고 있는 김대찬이 아니었다. 그의 보도를 두 눈으로 똑똑히 보고도 믿을 수 없었다. 가만히 있을 수 없었다. 만나서 무슨 말이라도 듣고 싶었다. 말도 안 되는 변명이라도 좋으니 일단 만나 봐야겠다는 생각뿐이었다. 보도국으로 달려갔다. 주헌은 그에게 무슨 일이 벌어진 게 틀림없다고 생각했다.

그러나 김대찬은 자리에 없었다. 자리에 없는 것이 아니라, 지금쯤 가족과 함께 미국행 비행기에 올랐을 것이라고 전했다. 아직 공고가 붙지 않았지만 어제 일자로 워싱턴 특파원 발령을 받았다고 했다. 발령 일자야 어제지만 이미 오래 전에 언질을 받지 않았겠냐고 입사 동기 유 기자가 귀띔해 주었다. 청천벽력 같다는 말이 이토록 피부에 와 닿을 수 없었다. 자신의 입봉도 그렇지만 제보자 자매가 걱정되었다.

이새봄의 다급한 전화를 받고 다시 편집실로 돌아온 주헌은 전의를 상실한 채 주저앉고 말았다. 어느새 들이닥친 사내 보안실 직원들이 편집실을 쑥대밭으로 만들고 있었다. 최종 편집 파일은 물론, 그동안 취재했던 자료들과 영상 파일들이 든 노트북과 데스크탑을 통째로 가져가 버렸다. 주헌 팀이 쓰던 회의실은 폐쇄됐고, 세 사람에게는 출입금지령이 내려졌다. 아울러 개인적으로 소장하고 있던 프로그램 관련 자료들은 자진 삭제를 명했다.

만에 하나 이 시간 이후, 최병흠 중령에 관한 자료들이 외부로 유출돼 회사의 명예를 훼손하고 손해를 입히게 된다면 그 책임을 물어 퇴사 조치하겠다는 으름장도 잊지 않았다.

퇴사 따위는 크게 위협으로 다가오지 않았다. 작가들이야

어차피 프로그램이 없어지면 백수 신세나 마찬가지였고, 이미 그렇게 된 것이나 다름없었다. 주헌 역시 별반 다르지 않았다. 형식적이라고는 하지만 계약직 직원이야 1년마다 계약 해지의 불안을 안고 있었다. 하소연할 노조가 있는 것도 아니고 앞날을 기약하며 충성을 맹세할 라인이 있는 것도 아니고 여태 자기 팔 자기가 흔들며 이 살벌한 현장에서 살아 온 것 아닌가.

한 줄기 빛 - 대연각 호텔 화재 복원영상

　　작가들은 밖에서 제보자 자매를 찾아다녔고 주헌은 회
사로 향했다. 오히려 잘 됐다고 생각했다. 두 사람이라도 회사
밖에서 자유롭게 움직일 수 있지 않은가.

　　출근하자 마자 분위기는 술렁거렸다. 온오프 공고란에 김
대찬 기자의 워싱턴 특파원 인사 발령 공고가 게시되었기 때
문이다. 덩달아 주헌도 하루 종일 사람들의 입에 오르내리는
뒷담화 화제성 1위로 등극했다. 인사도 없이 갑자기 미국으
로 떠나 버린 대찬에 대한 뒷담화의 귀결지는 결국 송주헌이
었다.

　　주헌은 갑자기 자신에게 쏠리는 사람들의 관심을 온몸으로

느낄 수 있었다. 불쌍한 눈초리로 혀를 차는 부류와 뭔가 회사 입장에 반역을 저지른 시국사범 대하는 듯 하는 부류까지 멋대로 떠들어대고 평가하고 판결까지 속전속결이었다. 그러나 자신이 사장 라인이라고 큰소리쳤던 박 국장은 복지부동 잠잠하기만 했다. 자신의 거취에 대해 언질을 받았던 것일까?

다음날 또 하나의 공고가 붙었다. 박인호 국장의 인사 발령 건이었다. 시사교양국장 보직을 내려놓고 심의국으로 가게 되었다. 일종의 좌천이었다.

주헌의 특집 다큐멘터리가 엎어질 줄 미리 알았던 것처럼 〈김영휘 장군과 함께 하는 토크쇼〉는 티저 영상을 쉴 새 없이 내보내고 있었다. 도대체 몇 편이나 제작한 것인지 도통 다양한 버전의 티저가 살아 움직이며 주헌을 점점 코너로 몰아가고 있는 듯했다. 따가운 시선을 온몸으로 견디며 자기 자리를 지키고 있던 주헌은 태어나서 처음으로 '왕따'가 된 것 같은 기분이었다. 작가들이 그리워졌다.

일 없이 휴대폰만 만지작거리고 있는데 책상 위의 내선 전화가 울렸다. 자료실이었다. 일전에 요청해 놓았던 대연각 화재 보도 영상의 노이즈 제거와 컬러 복원이 끝났다는 연락이었다. 이제 필요 없다고 말하려던 주헌의 머릿속에 한줄기 밝은 빛이 내리 꽂혔다. 곧바로 자료실로 달려갔다. 방송이야 어찌됐든 마지막으로 확인이라도 해보자는 심정이었다.

기자 멘트 중 '끔찍스런'의 '런'과 '참사'의 '참' 사이에 흐르는 영상. 흰 가운을 입고 들것으로 피해자를 이송하는 구조대 뒤로 군복을 입은 남자가 자신보다 머리 하나는 큰 백인을 부축하고 걸어가는 모습이 정확하게 보였다. 그리고 그보다 수많은 인파 속에서 두 사람을 지켜보다 사라지는 말쑥한 양복 차림의 남자도 확인했다. 전율이 느껴졌다. 석 달 가까이 반복해서 보아온 최병흠 중령의 얼굴은 주헌도 단박에 알아볼 수 있었다. 하지만 확인이 필요했다.

먼저 복원 파일을 두 작가에게 먼저 보내고 자신도 복사해서 갖고 나왔다. 어떻게든 이 파일로 방송을 하겠다고 다짐하면서….

김대찬 기자의 조작 보도로 제일 큰 타격을 입은 쪽은 제보자 최미조, 최미동 자매였다. 미조는 진행 중인 두 재판에서 줄줄이 패소했다. 항소를 제기했으나 재판 기일은 무기한 연기 되었다. 민경민과 이새봄이 담당 변호사를 찾아가 겨우 전해들은 소식이었다. 살고 있는 임대 아파트도 비워 줘야 한다고 했다. 날짜는 아직 여유가 있었지만 자매는 이미 거처를 옮긴 듯 보였다. 이제 제보자의 연락처를 알아 볼 수 있는 데는 스페인의 최미사 수녀 한 사람뿐이었다.

주헌은 최 수녀에게 긴급 메일을 보냈다. 대연각 호텔 화재 사건 복원 파일도 첨부했다. 최미사 수녀는 메일을 받자 마자 전화를 걸어왔다. 수천 킬로미터 떨어진 지구 반대편에서 출발한 목소리였지만, 놀라움과 벅찬 흥분이 뒤섞인 목소리가 생생하게 전해졌다. 영상 속 군복 입은 남자는 아버지 최병흠 중령이 틀림없다고 했다. 그리고 오래된 사진이라 도움이 될는지 모르겠다면서 미 제7함대 근무 당시 마이클 조이 장군과 최병흠 중령이 함께 찍은 사진을 스캔해서 보내주었다.

화재 영상 속 마이클 조이 장군은 얼굴에 화상을 입어 사진과 비교가 불가능했지만 키와 체격, 머리카락 색은 일치했다. 그러나 두 사람을 지켜보다가 인파 속으로 사라진 남자는 최미사 수녀도 처음 보는 얼굴이라 했다. 그리고 제보자 자매는 안전하게 잘 있다는 소식만 받았을 뿐 연락이 되지는 않는다고 했다. 주헌과 작가들은 일단 안심하면서도 걱정 되었다. 두 사람 모두 건강이 좋지 않다는 점을 잘 알고 있기 때문이었다. 안타깝고 답답했지만 연락이 오기를 기다리는 수밖에 없었다. 송주헌과 작가들은 복원영상을 텔레그램으로 보내 놓고 연락이 오기를 기다려 보기로 했다.

1971년 대연각 호텔 커피숍

최병흠 중령은 30분 일찍 호텔 커피숍에 도착했다. 그는 들떠 있었다. 20여 년 만에 만나는 마이클 때문이기도 했지만 청진에서 만난 그 아이, 단이에 대해서 물을 것이 많았다.

'어떻게 자랐을까? 건강 때문에 지금도 고생하고 있는 것은 아니겠지?'

낯익은 남자가 엘리베이터에서 내려 커피숍 쪽으로 걸어오는 모습이 보였다. 마이클이었다.

병흠은 너무도 반가운 마음에 일어서서 그를 향해 걸어갔다. 그러나 '펑'소리와 함께 치솟은 불길은 두 사람 사이를 갈라놓았다. 순식간에 아수라장으로 변해 버린 커피숍. 마이클은 주방 쪽에서 치솟은 불길에 휩싸이며 온몸에 불이 붙고 말았다. 그리고 그 뒤로 걸어오다가 빠르게 호텔을 빠져나가던 남자. 병흠은 기억하고 있었다. 한남동 집으로 찾아와 정치에 참여할 것을 권했던 남자, 거절하자 명함을 남기고 떠났던 조대흥이었다.

최병흠 중령을 만나기 하루 전, 마이클 조이에게 먼저 접근해 온 남자가 있었다. 조대흥이었다. 그는 최병흠을 만나러 온 마이클의 의도를 알고 있었다. 마이클은 한국의 무기 거래 사업권을 힘들게 살아가고 있는 옛 동료이자 가장 믿을 만한 최병흠에게 주고자 했던 것이다. 조대흥은 윗선의 명령으로 그 사업권이 최병흠에게 가는 것을 막고, 그것을 따내기 위해 마이클 조이를 먼저 만났던 것이다. 그러나 마이클 조이는 최병흠에 대한 신뢰가 깊었고 그에게 무기 거래 사업권을 주겠다는 결심은 확고했다.

조대흥은 무슨 수를 써서든 사업권이 최병흠에게 넘어가는 것만은 막아야 했다. 그래서 두 사람이 만나기로 했던 커피숍 주방에 연결된 프로판가스 통을 훼손해 화재를 일으켰다. 타깃은 당연히 최병흠이었으나, 마이클 조이가 화를 당했다.

4부

그녀들의 기만작전

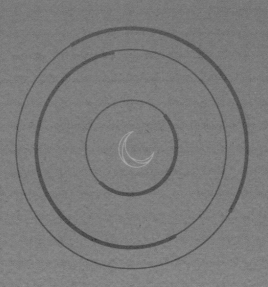

파국

작가들은 당분간 퇴근시간에 맞춰 주헌의 오피스텔에 모이기로 했다. 세 사람이 한 공간씩 차지하고 앉기엔 좁았지만 식탁과 책상을 붙이면 그런대로 사무실 역할은 할 수 있을 것 같았다. 주헌이 만일을 위해 카피해 두었던 최종 편집본에 복원 영상을 붙이고 자막만 손보면 방송할 만한 수준은 될 터였다. 급한 대로 유튜브 채널을 파서 기습적으로 방송하기로 했다.

이새봄 작가는 채널 개설 작업을, 경민 작가는 숏폼 구성을 맡았다. 50분짜리 통편집 분과 핵심적인 내용을 뽑아낸 2, 3분 내외의 짧은 숏폼까지 다양하게 만들기로 의견을 모았다.

각자 맡은 작업이 끝나면 전체 포맷에 대해 논의하기로 했다.

그러나 왠지 민 작가가 불안해 보였다. 생계 걱정인가 싶었다. 경민은 복원된 파일을 보고 또 보았다. 그 모습에 주헌은 담당 피디로서 미안한 생각이 들었다. 방송 경력이나 연배로는 자신보다 위였지만 어디까지나 프로그램 책임자는 자신인데 이유야 어찌됐든 지켜내지 못한 책임이 느껴졌다. 무능한 자신 탓에 모두가 백수 신세가 된 것 같아 자괴감마저 들었다.

특히 민 작가의 생계가 제일 걱정되었다. 지난번 느닷없는 '미혼모 커밍아웃' 이후로 더 신경쓰였다. 미혼모든 돌싱이든 혼자서 자식을 키우는 일이 쉽지 않다는 것쯤은 상상이 되고도 남았다. 이번 일로 15년을 넘게 해 왔던 프로그램에서 갑작스럽게 하차하게 될 위기에 놓였으니, 어쩌면 아무렇지 않은 게 이상한 일이었다. 새봄 작가야 휴학 중 아르바이트 삼아 하는 일이니 앞으로도 기회는 얼마든지 있을 것이었다.

그래도 이렇게 당하고만 있어서는 안 되었다. 그만 둘 때 두더라도 바로잡을 것은 바로 잡고, 아니 적어도 김대찬의 말도 안 되는 보도에 대한 이유라도 밝혀내야 했다. 내일은 이탁경 차장이라도 찾아가 작가들 구제를 요청해야겠다고 생각했다.

다음날 탁경이 주헌을 먼저 찾았다. 이 차장은 토크쇼를 하루 앞두고 놀라운 정보를 알게 됐다고 했다. DBS 경영진과 헬시코리아 김재경 대표는 오랜 세월 긴밀한 관계를 유지해

왔다는 것이었다. 세세한 증거는 부족하지만 이미 상당액의 DBS 지분이 헬시코리아로 넘어가 있다고 했다. 경영권이 거기로 넘어가는 것은 시간문제일 것이라며 그에 대비한 노조의 은밀한 계획을 알려줬다. 김대찬의 보도도 헬시코리아와 관련이 있을 거라고 귀띔하며, 첫 번째 계획은 바로 〈역사 미스터리 Q〉 정규 편성 시간에 주헌이 준비한 다큐멘터리 〈청진상륙작전〉을 방송하자고 했다.

주헌 입장에서는 마다할 이유가 없었다. 그렇다면 자연스럽게 두 작가들은 원래 맡았던 레귤러로 복귀할 수 있는 거니까. 하지만 덜컥 겁이 났다. 김대찬의 배신 이후 도무지 누구도 믿을 수가 없고, 불안하기만 했다. 사실 주헌은 아직도 김대찬이 그따위 보도를 하고 워싱턴으로 떠났다는 사실에 상실감과 허탈감이 더 컸다. 어떤 상황이었기에 그토록 이율배반적인 인간이 될 수 있을까. 주헌은 일단 유튜브 방송 계획을 잠시 보류하고 DBS노조의 거사에 편승하기로 했다. 이번에는 노조빨의 확실한 승리로 보였다.

그러나 그 무섭다는 '노조빨'도 거대자본 앞에선 순신간에 무너지고 말았다. 경영진과 헬시코리아의 유착관계를 입증할 확실한 증거도 확보하기 전에 움직였던 게 화근이었다. 노조만 믿고 방송 준비를 강행한 것도 한몫했다. 갑자기 들이닥친 회사 보안요원들에게 최종 편집본과 자료들을 모조리 빼앗기고 말았다. 그뿐 아니었다. 주헌의 오피스텔과 새봄의 고시원은 정체모를 괴한들의 침입으로 쑥대밭이 되었다. 마치 유튜브 송출용 편집 파일을 알고 있었던 사람들처럼 죄다 못쓰게 만들어 버렸다. 채널 계정도 삭제되었다. 제보자 최미조, 최미동 자매가 절실하게 생각나는 순간이었다. '21세기 선진 대한민국에서 어떻게 그런 일이?'가 아니라, '21세기 대한민국이라서' 일어날 수 있는 최첨단 범죄를 '우리도' 당한 것이었다.

이로써 '몸담고 있는 회사에 예측할 수 없는 막대한 피해를 입히려 했던' 사실을 몸소 입증한 꼴이 된 프리랜서 작가와 계약직 피디는 더 이상 DBS와 공존할 수 없게 되었다. 주헌과 두 작가는 일방적으로 계약해지 통보를 받고 쫓겨났다. 큰소리쳤던 탁경도 노조도 세 사람의 '든든한 빽'이 되어 주지는 못했다. 그저 신장개업을 알리는 실속 없는 바람 풍선 인형처럼 사측과 노조는 서로 싸움의 명분을 만들기에 여념이 없었다.

주헌은 태어나서 처음으로 사회의 냉혹함을 체험한 것 같았다. 넓디넓은 시베리아 벌판에 홀로 서 있는 기분이 들었다. 엎친 데 덮친 격이랄까. 고시원과 오피스텔 주인들은 새봄과 주헌에게 계약해지를 요구했다. 일주일도 되지 않아 둘은 집주인으로부터 이사 비용을 줄 테니 비워달라는 집주인의 통보까지 받았다. 이해되지 않는 사건의 연속이었다.

민경민의 비밀

민경민은 혹시나 했는데 현실이 되어 버린 이 상황이 당황스러웠지만, 그보다도 새봄과 주헌에게 너무 미안했다. 숨길 의도는 없었지만 결과적으로 두 사람에게 파렴치한 배신자가 되어 버렸다. 자신의 딸을 지키기 위한 선택이었지만, 의도와는 정 반대의 결과를 낳고 말았다.

대민당 조정국 의원이 기자회견을 열어 자신에게서 받은 여러 자료들을 하나둘씩 꺼내들고 김대찬 기자의 보도를 반박하며 유력한 차기 대권주자인 헬씨코리아 김재경 대표를 공격하는 바람에 이 지경까지 오게 되었다. 민 작가는 송주헌 피디가 전해준 대연각 호텔 화재 영상 복원 파일을 보고 크게 놀랐다.

조정국 의원이 왜 박 국장을 통해 자기에게 기밀 문서를 전하며 기획안을 써 줄 것을 제안했는지 비로소 깨달을 수 있었다. 그것은 만일의 순간에 자기편이 되어 달라는 은밀한 시그널이자 협박이었던 것이다. 조정국이 영상의 존재를 미리 알지는 못했겠지만, 모든 것은 조대흥에게서 비롯된 것이 분명했다.

마이클 조이와 그를 화마에서 구해 부축해 나오는 최병흠을 지켜보며 군중 속으로 사라진 사람은 바로 조정국의 부친 조문도 의원이었다. 송 피디는 그 사람이 박 대통령 정권의 비선 실세였던 조대흥이라고 했지만, 그는 분명히 조문도였다. 대선까지 꿈꿨으나 유명 여배우와의 혼외자 스캔들이 터지며 화려한 인생의 모든 시간이 정지된 조문도, 바로 그였다.

스캔들 한방으로 그는 그동안 쌓아왔던 강직한 3선 의원이란 이미지도 단번에 날아갔고 가화만사성을 이룬 모범 정치인의 행복한 가정사도 사람들의 입맛대로 재단되며 정치인생을 접어야 했다. 게다가 두 아들 조정국, 조정준 가운데 한 명이 그 여배우가 낳은 자식이라는 루머가 퍼지며 가족에게도 죄인이 되었다. 스캔들을 퍼뜨린 배후가 그를 전적으로 지지해 주었던 막후 거물이라는 소문도 돌았다. 조문도 의원의 세력이 생각 이상으로 커지자 그를 견제하기 위해 퍼뜨린 루머였다는 내용은 일선 기자들 사이에서 암암리에 퍼져나갔다.

그러나 스캔들의 당사자였던 여배우는 훌쩍 미국으로 잠적해 버렸고, 조문도도 예기치 못한 교통사고로 세상을 떠나고 말았다. 그렇게 스캔들의 사실 여부는 확인할 길이 없어졌지만 둘도 없이 우애가 좋았던 정국과 정준 형제에게는 배다른 형제라는 근거 없는 루머가 남아 고통스럽게 했다. 인기 절정이었던 정국 피디가 프로그램을 내려놓고 해외여행을 떠난 것도 그 즈음이었다. 경민은 두 형제의 그런 상황을 곁에서 지켜 봤던 사람이다. 정준이 경민의 첫사랑이자 딸아이의 아빠였기 때문이었다.

지금으로부터 23년 전 3학년 휴학 중이던 경민은 조정국 피디의 프로그램 막내 작가로 방송을 시작했다. 매주 공개 방송으로 진행된 개그 프로그램 〈웃음을 섬기는 사람들〉은 인기 최고였다. 조정국도 직접 출연해 정치 풍자 멘트로 코너를 끝내는 역할을 맡아 큰 인기를 누렸다.

이후 방송사마다 개그 프로그램은 시들해졌고 매너리즘에 빠졌던 차에 조문도의 스캔들까지 터지며 정국은 프로그램에서 자진 하차하게 되었다. 그때 이미 대학을 졸업하고 역시 피디 시험을 준비하고 있던 정준과 경민은 연인 사이가 되어 있었다. 정준은 결혼을 앞둔 여자친구와 함께 형 조정국의 프로그램을 방청하러 왔다가 경민을 만났다. 워낙 인기 프로그램이라 방청권을 구하기 힘들었던 정준은 형에게 부탁했고, 정국은 막내 작가인 경민에게 두 사람에게 자리를 안내해 줄 것을 부탁했다. 겨우 마련한 자리였지만 정준의 여자친구는 오지 못했고, 어렵사리 만든 자리를 그냥 빈자리로 두기 미안했던 정준은 경민에게 대신 빈자리를 채워줄 것을 간곡하게 부탁했다. 그렇게 두 사람은 만났고 연인이 되었다.

친척집을 떠돌며 외롭게 자란 경민은 정준의 긍정과 밝음과 여유로운 성격에 끌려 크게 의지했다. 하지만 조문도 의원의 스캔들이 터지는 바람에 경민은 세간의 이목이 그의 아들들에게 쏠리는 상황을 감당할 수 없어 말없이 떠나버렸던 것이다. 안 그래도 태생적으로나 배경으로나 세속적인 모든 기준에서 어울릴 수 없는 여자라고 생각했는데, 집안끼리 결혼을 약속한 여자가 있는 정준에게 자신의 존재가 밝혀지면 자신에게도 그에게도 큰 상처가 될 것 같았다. 그리고 얼마 안 돼 임신 사실을 알게 되었고, 혼자 고민하다가 수녀원이 운영하는 미혼모의 집에서 딸아이를 낳았다.

그런데 조정국은 아이가 정준의 딸인 것을 알고, 프로그램을 빌미로 경민을 압박해 들어왔다. 딸아이의 미래를 담보로 경민을 자기 편에서 움직이도록 요구했다. 그러나 세상에 하나뿐인 딸아이는 자신을 떠난 상황이었다.

엄마의 위선이 싫다며 마음대로 성까지 바꿔 버린 아이. 민새봄에서 이새봄으로 살고 있는 아이. 꼭 그 나이에 나은 딸, 새봄 작가. 사랑하는 나의 딸!

금남의 집 - 통영에서 다시 만난 사람들

한 번도 겪어보지 못했던 권력의 횡포를 몸소 겪게 된 새봄과 주헌은 당혹스럽고 두려웠다. 집을 비워 주기 위해 짐을 챙기면서도 부당함에 맞서 보겠다는 마음보다 어서 이 상황에서 벗어나고만 싶었다. 누구도 믿지 못했고 자꾸만 피하게 되었다. 그렇게 방에 갇혀 일주일을 견뎠다. 다시는 현관문 밖으로 나갈 수 없을 것 같은 절망감마저 들었다. 부모님의 안부 전화도 받지 못하고 문자로만 소통했다.

주헌은 미조, 미동 자매와 새봄 작가가 걱정돼 텔레그램으로 문자를 보냈다. 그러나 아무도 읽지 않았다. 최병흠 중령이 갇혔을 법한 태평양 어느 무인도에 홀로 있는 것 같은 기분이

들었다. 갑자기 부모님 생각이 났다. 어른들 덕분에 30년 인생을 날로 먹었다는 생각이 들자 괜히 울컥했다. 큰 야망은 없었지만, 가끔은 인정받는 피디로 살아가는 자신의 일상이 이렇게 하루아침에 무너져 버렸다는 사실이 서러웠다. 여느 때라면 꿀 같은 재충전의 시간을 만끽하고 있었을 자신만의 공간에서 불안과 혼돈 속에 빠져 아무것도 할 수 없게 되었다. 두렵고 공포스러웠다. 웃음인지 흐느낌인지 모를 울음이 터졌다.

그때 텔레그램 알람이 떴다. 새봄이었다. 반가웠다. 주헌은 눈물을 그대로 매단 채 어느새 웃고 있었다. '송 피디님 우리 제보자 이모님들 이런 데 출연하시면 어떨까요?'라는 문자 아래 유튜브 링크가 걸려 있었다. 영상에는 초등학생쯤 돼 보이는 외국 꼬마들이 K-트롯을 부르고 있었다. 스페인 음악 경연 프로그램에서 우리 트롯을 불러 인기상을 수상한 꼬마들이었다. 전통음악 판당고로 시작해 트롯으로 끝내는 편곡이 매우 신나고 독특했다. 한국어 가사 발음도 정확하고 안무도 볼만했다. 3년 전 영상이었지만 아직까지도 조회 수가 오르고 있었다. 새봄 작가가 영상을 제보자 자매에게도 보냈는지, 한 달 만에 미조, 미동 자매에게서 문자가 왔다.

"〈유비야스 데 라스 에스트렐야스〉(Lluvia de las estrellas)라고 스페인에서 인기 많은 프로그램이에요. 해석하면 '별들의 행진' 정도 되겠네요. 우리 언니 수녀님 제자들이지요."

문자 속에서 미조의 밝고 고운 웃음소리가 들리는 것 같았다. 새봄 덕분에 주헌은 미조와 통화할 수 있었다. 거의 한 달 만이었다.

꼬마 스타들은 수업에는 관심 없는 말썽쟁이 악동들이었지만 최미사 수녀가 인기 경연 프로그램을 본떠 수업시간에 접목시켰을 때 참여한 학생들이었단다. 이 수업을 계기로 TV 프로그램에 출연하게 된 거라고 했다. 미사의 아이디어가 통했던 것이다.

이를 전하는 미조의 목소리가 전에 없이 밝게 느껴져 주헌 역시 오랜만에 생기를 느꼈다. 미조는 통영 조용한 곳에서 잘 지내고 있으며 작가님들과 피디님도 이쪽으로 오셔서 당분간 함께 지내자고 제안했다. 수도원에 이미 양해를 구해 놨으니 몸만 오면 된다며 지친 두 젊은이를 이끌었다.

주헌과 새봄 작가, 미조, 미동 자매는 통영 바닷가 옆 작은 공소에 딸린 피정의 집에서 다시 만났다. 실은 두 수녀가 공소를 맡아 관리하며 기거하는 숙소나 마찬가지였다. 두 자매는 편안해 보였으나, 새봄과 주헌은 크게 지쳐 있었다. 주헌은 명동 가톨릭회관에서 두 제보자를 처음 만나던 때가 생각났다. 몇 달 사이 뒤바뀐 이 상황에 묘한 감정이 밀려들었다. 제보자들에게 사과를 해야 할 것만 같은 기분이 들었다. 애초에 '역지사지'란 말은 같은 일을 겪어보지 않은 사람들에게는 불가능한 것 아닌가 하는 생각도 들었다. 줄곧 제보자 자매는 병원부터 가야 하는 게 아니냐던, 지금이라도 다른 아이템으로 대체해야 하는 것이 좋지 않겠냐고 외쳐대던 새봄 작가를 보고 있으니 더욱 그러했다.

새봄은 통영으로 온 이후 자매들 곁에서 떨어질 줄 몰랐다. 그녀가 먼저 주변을 경계하며 통신 보안에 신경을 썼다. 오히려 미조, 미동이 괜찮다며 새봄을 안심시킬 정도였다. 주헌은 동화 〈미운 오리 새끼〉가 떠올라 웃음이 나왔다. 최미조·최미동·이새봄, 이 쓰리 샷은 아무리 봐도 낯설었다.

'저 새봄, 혹시 지가 미운 오리 새낀 줄 아는 백조? 에이 그냥 미운 오리 새끼하자, 크크큭.'

웃는 것도 얼마만인지… 오랜만에 찾은 평화가 감사하기만 했다.

그곳에서 새봄 작가와 주헌은 제보자 이모님들한테 트롯 경연 대회를 제안했다. 아니, 설득하고 밀어붙였다. 자매는 말도 안 된다며 완강하게 거부했지만, 결승 진출권을 따내면 그때 청진상륙작전을 생방송으로 세상에 알릴 수 있다는 새봄의 말에 제보자 이모님들의 마음이 움직였다. 우하하하, 우리 봄 작가가 드디어 큰 건 했다!

민경민 작가가 도착한 것은 다음날 오후였다. 성당 마당으로 들어서는 경민을 보고 놀란 것은 새봄과 주헌 두 사람뿐이었다.

'그래, 라포!'

주헌은 생각했다. 경민은 이미 두 자매와 소통하면서 안정을 얻고 있었던 것이다. 그녀는 새봄을 보자 마자 끌어안고 눈물을 흘렸다. 미혼모 젬마와 그녀의 '미운 오리 새끼' 가브리엘라가 뜨겁게 화해하는 순간이었다.

통영의 밤바다는 아름다웠다. 다섯 사람은 말없이 해변을 거닐고 있었지만, 모두들 70여 년 전 박인애가 통영을 떠나는 순간을 상상하고 있었다. 그날도 오늘처럼 바람이 불었을까?

결승 티켓 - 마드리드의 골때리는 그녀들

　4분 남짓한 두 사람의 공연이 끝났다. 무대를 내려 온 둘은 의외로 담담했으나, 주헌은 자꾸만 눈시울이 뜨거워졌다. 발표까지는 30분 남짓, 다른 출연자의 무대가 거의 눈에 들어오지 않았다. 시간이 흐르기만을 기다리며 가슴을 졸였다. 실시간 문자 투표를 확인하는데 어느새 미동이 물병을 가지고 주헌에게 다가 왔다.

　"떨리죠? 물 한잔 드시면 괜찮을 거예요."

　이 물, 마법의 물 맞는 것 같다고 주헌은 생각했다. 단숨에 마시고 나니 한결 마음이 편안해졌다. 이제는 안다. 안정감은 물이 아니라 물을 건네는 사람의 마음과 받는 사람의 교감에서 이루어진다는 것을.

그 시간, 새봄과 경민 모녀는 대기실에서 유튜브 방송을 위해 편집 파일을 점검하고 있었다. 민 작가가 제보자들에게 텔레그램으로 보냈던 파일을 돌려받은 것이었다. 김대찬의 엉터리 조작 방송 이후 통영으로 피신해 두문불출했던 미조, 미동 자매가 영상을 지켜준 셈이었다. 주헌에게는 '순리대로', '하늘의 섭리대로'라는 말이 새롭게 느껴졌다. 이런저런 생각을 하는 동안 어느덧 무대는 마지막 참가자의 순서였다. 길어야 10분, 곧 결과를 알 수 있을 것이었다.

그때 주헌에게 낯선 번호의 전화가 걸려왔다. 영어 발음이 묻어나는 한국어와 단정한 어투, 중년을 넘어선 연륜이 배어 있는 목소리, 편집실에서 처음 들었을 때의 그 전율이 생생하게 되살아났다. 바로 레나 장, 단이였다. 놀람과 충격으로 주헌은 '마드리드의 골때리는 그녀들'의 인기상 수상 순간을 놓치고 말았다. 하지만 아쉽지 않았다. 맨해튼 그 먼 곳에서 레나 장, 장단이가 '우리'를 만나러 한국에 들어와 있기 때문이었다. 레나 장은 누구에게도 함구해 줄 것을 부탁하며 다시 연락을 하겠다는 말만 남기고 전화를 끊었다.

맨해튼 '나라빛사랑교회' 붕괴 사건

주헌은 결승 진출 파티를 위해 일행들을 이끌고 방송국 인근 삼겹살집으로 향했다. 김대찬과 처음 의기투합했던 그 노포였다. 사람들 눈을 피해 자축할 수 있는 조용한 곳을 찾다 보니 거기가 딱이었다. 이미 주변 노포들의 절반은 이주를 해 빈 건물이 즐비한 가운데 그나마 대로변에 위치한 몇 안 되는 가게들 가운데 하나였다.

김대찬이 옆에 없다는 사실이 아프게 되살아났다. 믿고 의지했던 데 대한 배신감으로 얼마나 많은 밤을 홀로 치를 떨며 따지고 욕하고 저주하며 보냈던가. 아직도 김대찬을 이해할 수도 용납할 수도 없었지만, 이 순간만큼은 그가 보고 싶었다.

주헌의 마음을 알 리 없는 민 작가와 새봄 작가, 오늘의 주인공 제보자 이모님들은 결승 진출 성공에 기분이 부풀어 있었다.

'이렇게 함께 기뻐하는 날이 오다니. 결승 티켓을 따내다니. 이렇게 아무 일 없이 행복한 날이 우리에게 오다니! 이래도 되는 것인가.'

주헌 역시 실감나지 않을 만큼 기뻤다. 하지만 일주일 후 결승까지 안전하게 출연하기 위해 또 얼마나 가슴 졸이며 보내야 할까.

음식을 내오던 주인아주머니가 주헌에게 다가와 작은 목소리로 피디 총각 이름이 송주헌 맞느냐고 물었다. 주헌은 주변을 경계하며 이름은 갑자기 왜 묻느냐는 표정을 지었다. 아주머니는 조심스럽게 어떤 멋쟁이 여사님이 조금 전에 주고 갔다며 서류 봉투를 내밀었다. 그 즉시 가게 밖으로 뛰쳐나가 보았지만, 역시 아무도 찾을 수 없었다. 봉투 안에는 1973년부터 현재까지 이어져 온 헬시코리아의 불법 무기 거래 자료들과 뉴욕 맨해튼에 있는 나라빛사랑교회의 추악한 행태를 증명하는 자료들이 고스란히 담겨 있었다. 대찬은 배신하지 않았던 것이었다. 이 놀라운 진실을 밝히기 위한 기막힌 양동 작전에 홀로 목숨을 걸고 뛰어들었던 것이었다.

한국전쟁 발발 72주년 특별기획보도를 앞두고 있던 김대찬 기자는 사장실의 느닷없는 호출을 받았다. 시사교양국 송주헌 피디와 함께 한 해군역사기록단 인터뷰가 불발된 다음날이었다. 15년차 김대찬 기자가 사장을 독대하는 것은 입사 이후 처음 있는 일이었다.

그날, 이필성 대령이 또 다른 청진상륙작전을 들먹이며 대찬과 주헌을 위협했을 때 대찬은 취재 중 발견한 상반되는 자료와 문서들 대부분이 이런 식으로 조작되고 삭제된 것이었다고 확신하게 되었다. 그 뒤에는 이것들을 지키기 위한 어마어마한 권력의 카르텔이 형성돼 있다는 것도 짐작할 수 있었다. 자신들에게 조금이라도 위협이 될 만한 낌새가 보이면 그것이 무엇이든 그 어떤 것도 용납하지 않고 싹부터 자르고 보는 무자비한 철통 방어로 일관하고 있다는 것도 알 수 있었다. 또한 아무리 메이저 방송사 15년 차 기자라지만 섣불리 움직여서는 안 된다는 것을 본능적으로 깨달았다.

고심 끝에 대찬은 조작된 문서들을 역이용하는 쪽으로 방향을 잡고 후배 주헌과의 공조를 결심했었다. 그런데 갑작스런 호출이 있었던 것이었다. 사장실로 향하는 그를 의아한 시선으로 쳐다보는 보도국장과 동료 기자들의 시선은 그렇다 치고 본인조차도 사장이 왜 독대를 원하는지 궁금하기는 마찬가지였다.

대찬을 보자마자 사장은 뜬금없이 워싱턴 특파원으로 가지 않겠냐고 물었다. 기자라면 모두가 환호해야 할 자리를 대찬 역시 마다할 이유가 없었다. 하지만 조건이 붙었다. 회사 차원에서 서포트는 얼마든지 해 줄 테니 청진상륙작전 진상 규명이라는 소리가 두 번 다시 나오지 않도록 이참에 확실하게 기사로 조지라는 것이었다. 얘기인즉슨 조작된 증거를 중심으로 제보자를 사기꾼이나 정신 이상자로 매도해 버리라는 뜻이었다.

대찬은 기자로서도 그렇지만 그것은 인간적으로도 해서는 안 되는 일이라고 반발했다. 안 들은 것으로 하겠다며 자리를 박차고 나오려는 그에게 사장은 회사의 존폐가 걸린 문제라고, 여기서 그대로 나가면 당신의 신상 안전도 보장할 수 없다고, 사장인 자신도 어찌할 수 있는 문제가 아니라며 함구할 것을 지시했다.

사장의 말대로 이후 대찬의 아내와 딸아이 주변에 보이지 않는 위협이 가해지기 시작했다. 멀쩡했던 아내의 승용차가 브레이크 고장으로 접촉 사고가 나는가 하면 유치원에 있는 딸아이의 모습이 실시간으로 대찬의 휴대폰으로 전송됐다. 가족을 볼모로 압박해 들어오는 보이지 않는 세력 앞에서 김대찬은 아무것도 할 수 없었다. 삼 일째 되는 날에는 퀵서비스로 LA행 비행기 티켓 세 장이 편집실에 있는 그에게 배달됐다. 그리고 걸려온 딸아이의 전화 한 통.

4부 그녀들의 기만작전

"아빠, 우리 진짜 미국 가?"

딸아이의 한마디에 김대찬은 심장이 내려앉는 것 같았다.

"어? 누가 그런 소릴 해, 하린아?"

"엄마지. 나 친구들이랑 헤어지기 싫은데. 그래도 친구들이 아빠가 보내준 피자 맛있었대. 아빠 고맙습니다, 사랑해요."

"바빠요? 오기로 해놓고 안 오면 어떡해? 하린이랑 기다렸는데."

"그게 무슨 소리야? 하린이 피자는 다 뭐고?"

"하린 아빠, 당신 나랑 오전에 통화했잖아."

"뭐?"

"잊은 거야? 하린이 유치원에서 만나기로 했잖아. 미국 갈 준비 하려면 바쁘다고, 하린이 유치원 친구들이랑 송별 파티부터 해 주자며?"

"내가?"

"어, 서프라이즈는 이제 그만~ 그럼 누구겠어? 하린 아빠가 또 있나? 전화해도 안 받고. 얼마나 바쁘길래 애랑 약속한 것도 잊어? 나한텐 월차까지 쓰고 나오라더니. 피자랑 선물은 뭘 또 이렇게 많이 보냈대?"

딸아이 유치원에서 아내의 휴대폰으로 걸려온 전화였다. 김대찬은 퀵서비스로 받은 비행기 티켓만으로도 당황스러웠지만, 전화까지 받고 나니 머릿속이 하얘지며 심장이 멎을 것 같은 충격에 휩싸였다. 이들은 무엇이든 마음만 먹으면 못할 게 없다는 것을 과시하며 압박해 오고 있었다.

대찬은 아내와 통화를 한 적도, 딸 하린이의 유치원에 피자와 선물을 보낸 적도 없었고 워싱턴 특파원을 수락한 적은 더더욱 없었다. 이것이 자신에게 보내는 마지막 경고이자 협박이라는 것을 직감했다. 그런 만큼 청진상륙작전은 진실이라는 확신이 들었다. 그뿐만 아니라 최병흠 중령과 관련된 모든 의혹이, 그 딸들이 겪고 있는 모든 비현실적인 일들이 사실로 다가왔다. 70여 년 간 자행됐던 모든 사건들이 비로소 아주 가까이 느껴졌다. 자신 하나로는 부족해서 온 가족을 볼모로 쥐고 비열하게 압박해 들어오는 보이지 않는 거대 권력이 궁금해지기 시작했다. 꼭 밝혀내고 싶었다.

그러나 가족의 안전이 먼저였다. '저들을' 안심시키고 마음껏 움직일 수 있는 시간과 공간 확보가 시급했다. 김대찬은 2보 전진을 위해 무한한 후퇴를 선택할 수밖에 없었다. 워싱턴 특파원이 되어 잠시 눈먼 파렴치한 기레기, 배신자가 되기로 했다.

주헌은 갑작스러운 희소식의 무게가 버겁게 느껴졌다. 뭔가 예상치 못한 쓰나미가 덮칠 것 같은 불안이 다시 엄습했다. 몇 시간 전 통화했던 레나 장의 말들이 이렇게 빨리 현실로 이어질 줄은 미처 상상하지 못했다. 그녀는 김대찬이 비밀리에 주헌에게 전해 달라고 부탁한 문서를 가지고 있다고 했다. 그것으로 청진상륙작전의 진실을 밝히고 최병흠 중령과 오백 명 대원들의 소원을 들어줄 수 있을 것이라고 했다. 왜 그동안 최 중령의 가족들이 힘겨운 싸움을 이어올 수밖에 없었는지 밝혀줄 것이라고 했다. 자신과 김대찬 기자, 그리고 여러 사람의 안위가 걸린 일이니 신중을 기해 꼭 성공시켜 보자며 다시 연락할 때까지 기다려 달라고 차분하고 간결하게 얘기했다.

주헌은 담배를 꺼내 물었다. 손이 떨렸다. 불을 붙이고 한 모금 깊게 빨아들였지만 도통 무슨 맛인지 느껴지지 않았다. 자신도 모르게 서류 봉투를 가슴팍에 꼭 끌어안은 주헌은 주변을 경계하며 두리번거렸다. 마치 누군가 자신을 지켜보고 있는 듯했다. 마음을 다잡고 상황을 일행들에게 어떻게 전해야 할까 고민하며 가게 안으로 향하는데, 새봄이 사색이 되어 뛰어나왔다.

TV에서는 뉴스 특보가 흘러나오고 있었다. DBS 워싱턴 특파원 김대찬 기자가 맨해튼 나라빛사랑교회 취재 도중 신축 중이던 교회 건물 붕괴 사고로 사망했다는 뉴스였다.

김영휘 장군과 맨해튼 '나라빛사랑교회'

　　김영휘 장군이 대중에 잘 알려진 해군첩보부대인 UDU 출신 전쟁 영웅인 것은 세상이 다 아는 사실이었다. 한국전쟁 발발 50년을 기념하여 그의 활약상을 소재로 한 영화가 제작돼 알려지기 시작했다. 바로 〈6월의 남자, 노병은 살아있다〉였다. 20여 년이 지난 지금까지도 그는 나라를 위해 큰 공을 세우고도 조용히 봉사하는 삶을 살고 있다는 미담까지 더해져 이 시대의 진정한 영웅으로 회자되고 있었다.

　　그러나 김영휘라는 인물이 UDU의 모태였던 미 극동사령부 산하 화이트 샤크의 대원이었다는 사실을 아는 사람은 아무도 없었다. 이 사실은 그가 영화 속 어디에서도 언급한 적이 없었기 때문이었다. 화이크 샤크는 한국전쟁 당시 비밀리에 조직된 심리정보부대였다. 고도로 단련된 대원들은 남한과 북한을 오가며 정보를 수집해 적에게 심리적으로 영향을 끼칠 수 있는 정보를 흘려 혼란을 유발하고 동요를 일으켜 전투 능력을 저하시키는 게 주 목적이었다.

김영휘는 이렇게 수집한 정보를 백분 활용해 사리사욕을 채우며 막대한 부를 축적했고, 그것은 그의 권력이 되고 종교가 되었다. 특히 화이트 샤크가 미 극동사령부 직속 특수 조직이었다는 사실은 그에게 날개를 달아준 격이었다. 대한민국 해군을 비롯한 그 어떤 조직도 화이트 샤크와 관련된 활동에는 관여할 수 없는 치외 법권의 권리를 누릴 수 있었기 때문이다. 이때부터 김영휘는 대한민국 해군과 화이트 샤크를 오가며 '부정부패의 가교 역할'을 했다. 돈과 권력의 맛에 사로잡힌 그는 대원들을 매수했고 개인 정보원으로 활용하며 세력을 점점 키워 나갔다.

특히 해군 내에서 자행되고 있던 해상 밀수는 김영휘에게 돈 맛을 제대로 알게 해 주었다. 그는 최병흠을 잘 알고 있었다. 정보원에 따르면 병흠은 자신의 돈줄을 가로막는 방해 인물 제1호였다. 병흠이 그날 밤 해상에서 자행된 밀수 현장을 눈감아 주었더라면, 아니 청진에서 리틀 블랙 샤크 베이비 제로로 활동하던 단이를 구하지 않았더라면 서로 아무 상관없는 사람으로 살아갈 수도 있었을 것이었다. 최병흠 중령은 너무나 많은 것을 알고 있었고, 또 바로 잡으려 애썼다. 그 때문에 김영휘는 모르는 척 내버려둘 수 없었다. 특히 한국전쟁의 혼란을 틈타 세력을 확장하던 루치페르단을 알게 되면서 그는 병흠과 동시대를 살아가는 것은 힘들겠다는 생각을 굳혔다.

루치페르단을 알게 된 것은 김영휘에게 천운이라고밖에 달리 설명할 길이 없었다. 정재계 유력인사들에게 접근해 종교적 신념을 실현할 국가 수립을 꿈꾸던 루치페르단은 미군 첩보망에 걸려들었고, 그 처리는 화이트 샤크의 몫이 되면서 김영휘와 루치페르단의 인연은 시작되었다. 김영휘는 루치페르단 하부 조직원들을 사이비 종교 숭배자에다 이중 첩자로 몰아 처형하면서, 그들의 돈줄을 가로챘다. 심지어 그 사이비 종교 교주 자리를 자기화하며 아무도 모르게 자신의 종교를 세웠던 것이었다. 철저한 이중생활이었다. 그는 미국 내 영향력이 있던 마이클 조이 장군을 이용했다.

김영휘는 미군정이 들어서자 제일 먼저 고위층이 다니는 교회를 물색한 뒤 접근했다. 그때 만난 사람이 바로 마이클 조이였다. 자신은 통영 사람으로, 선친이 호주 선교사에게 감화된 덕에 모태 신앙으로 태어났으며, 손꼽히는 부자였던 선친이 교육 사업을 하며 독립 자금을 조달하다 발각돼 일제에 잡혀 돌아가셨고, 어머니는 선교사의 도움으로 자신과 어린 동생들을 데리고 서울로 도망칠 수 있었다며 모든 것이 주님의 은총이었다는 말로 고위층 신도들을 감동시켰다.

그러나 이 사연은 정보원들이 캐낸 최병흠과 박인애의 것을 구미에 맞게 각색한 것이었다. 휴전 후, 그가 제일 먼저 한 일은 미국으로 건너가 자신의 조직원 노릇을 하던 유학생들을 결집해 뉴욕의 부촌 맨해튼에 교회를 세우는 일이었다. 가장 믿을 만한 인물을 목사로 세우고, 그를 중심으로 인맥을 엮어 나갔다. 장학 사업을 통해 한국 유학생들을 도우며 그들 가운데 필요한 인재를 골라 철저한 검증을 통해 새 신자로 입교를 허용하고 일자리를 주고 헌금을 거둬들였다. 유능한 인재들을 '하나님의 이름'으로 불러 모아 돈이 되는 일에 투입했다. 그걸 기반으로 겉으로는 번듯한 의료기기 전문 기업인 헬시코리아를 설립하고 본격적으로 무기 밀매 사업에 뛰어들 준비를 했던 것이다. 김영휘는 원하는 부와 인맥을 축적하며 그야말로 부귀영화를 누리며 살았다. 그리고 자신의 삶에 마지막으로 화룡점정을 찍어줄 권력을 잡기 위해 움직이기 시작한 것이었다.

그동안 뿌려 둔 씨앗의 열매를 이제는 거둬들일 때가 왔다고 믿었다. 대한민국 각계각층에 심어 놓은 자기 사람들을 이용해 자신의 권력을 대행할 수 있는 대통령을 만들기 위한 수

순에 들어갔다. 그것이 '김재경 대통령 세우기 프로젝트'였다. 당초 계획보다 좀 늦어지긴 했지만, 부와 권력을 대대손손 이어갈 수 있는 권력이 절실했다.

김영휘가 노년을 맞아 세상에 둘도 없는 애국자로, 모범적인 전쟁 영웅으로 광복절이나 6.25 기념일에 빠짐없이 언론에 등장한 것도 모두 이런 '빅 픽처'를 이루기 위한 수단이었다. 그때마다 옆에는 헬시코리아 김재경 대표가 함께했고, '대한민국을 일으켜 세운 일들은 모두 하나님이 하셨다'라는 말로 기독교 신자이자 애국자임을 내세웠다. 아들 셋과 며느리들까지 명문대 출신의 완벽한 모범 가족, 그야말로 '가화만사성'을 이룬 보기 드문 '찐어른'이자 진정한 영웅으로, 노블리스 오블리주의 본보기로, 아주 치밀한 계획 하에 움직이며 홍보했다. 최근에는 죽기 전 숙원 사업이라며 장남 김재경과 더불어 나라빛사랑교회의 지원을 받아 한국전쟁 참전 UN군을 찾아다니며 의료 봉사와 비무장 지대 유해발굴 지원 사업에 힘쓰고 있다고 대대적으로 홍보하고 있었다.

그러나 김대찬 기자의 죽음이 도화선이 되어 70여 년 간 베일에 싸였던 엄청난 비밀이 세상 밖으로 쏟아져 나오기 시작했다. 김대찬이 죽은 나라빛사랑교회 신축 건물은 한국에서 가족을 이끌고 유토피아를 찾아간 신도들의 공동체 생활을 위한 시설이었다. 이들은 한국에서 헬시코리아 대리점을 운영하며 선교활동을 하던 신도들이었다. 대리점 수익금을 모두 교회에 바치며 영원한 생명, 영원한 유토피아를 꿈꾸었다.

"한 분이신 하나님께서는 늘 나와 너희들 곁에 계신다. 아들아, 너는 왜 하나님께서 당신의 독생자를 세상에 보내셨는지 아느냐? 당신 손에 더러운 피를 묻히지 않고 세상을 다스리기 위해서다. 보아라, 내가 바로 주님께서 너희들을 위해 보내신 독생자, 메시아다. 그러므로 너희들은 세상의 평화를 위해, 메시아인 나를 위해 더 많은 피를 묻혀라. 그것이 너희가 천국으로 드는 영광을 얻을 유일한 방법이다. 늘 너희들 곁에 있는 나를 보아라!"

화이트 샤크는 김영휘 대위에게 종교가 되고, 그를 신봉하는 신도를 길러 내는 밑거름이 되었다. 김영휘가 화이트 샤크로 발탁된 것은 우연이었다. 그러나 블랙 샤크를 조직한 것은 자신을 위한 필연이었다고 믿었다. 그는 블랙 샤크 요원들을 돈과 폭력으로 사유화했으며 철저하게 이용했다. 한 분이신 하나님께서 당신 대신 이 세상을 다스리기 위해 자신을 세우신 거라고 믿게 했다. 한국전쟁은 그에게 기회였다. 돈과 명예, 하나님을 빌어 '자신의 왕국'을 세우고 절대 권력까지 거머쥘 수 있는 기회가 됐던 것이다.

리틀 블랙 샤크 제로, 단이

청진에서 최병흠 소령 덕에 목숨을 구한 단이는 평범한 전쟁고아가 아니었다. 리틀 블랙 샤크 제로로 불리며 활동하던 특별 첩보원이었다. 단이는 북한군 고위 간부의 늦둥이 딸이었다. 청진 해군사관학교를 졸업하고 러시아에서 유학한 오빠의 어깨 너머로 러시아어를 익힐 만큼 영특한 아이였다. 그러나 아버지와 오빠는 물론 온 가족이 반대파에 의해 몰살당하는 모습을 코앞에서 목격했다. 불행 중 다행히 단이는 자기 집에서 정보를 훔쳐 나오던 블랙 샤크 요원을 만나 목숨을 건졌으나, 그 참혹한 장면을 목도한 충격에 한동안 실어 증세까지 보였다.

블랙 샤크는 미군 심리정보부대 산하에서 활동하던 여성 첩보부대였다. 화이트 샤크와 마찬가지로 적들을 안심시키기 위한 방법으로 이북 출신을 선발했다. 이들은 블랙 샤크 1호, 2호로 불리며 활동했는데 서로 이름조차 알지 못했다. 단이는 블랙 샤크 요원에 의해 목숨을 구한 인연으로 그들의 합숙소에서 생활하며 리틀 블랙 샤크 제로라는 애칭으로 불리다가 요원이 되었다. 정식 요원은 아니었지만, 다른 요원들의 훈련을 지켜보며 어깨너머로 익힌 동작을 척척 해냈다. 교관과 요원들을 놀라게 했다. 특히 기억력과 암기력은 천재적이었다.

블랙 샤크 요원들의 돌봄으로 안정을 찾아 다시 말문이 트였을 때 단이는 요원들의 활동 강령을 줄줄 외워 모두를 놀라게 했다. 뿐만 아니라 벽에 붙여 놓았던 요원들의 활동 지역 지도를 그대로 그려내며 교관들의 눈에 들었다. 그 교관들 가운데 한 명이 바로 김영휘였다. 그때 김영휘는 마음속으로 자신의 미래를 위해 큰일을 해낼 황금알을 낳아 줄 거위로 단이를 점찍어 두었다.

단이는 탁월한 기억력과 암기력, 적을 안심시킬 수 있는 어린아이라는 점 때문에 작전에 투입되었다. 적의 총 지휘 본부가 설치된 청진 해군사관학교에 들어가 기뢰 지도를 암기해 오는 게 첫 임무였다. 그곳은 단이가 오빠를 보러 가 본 적이 있는 곳이었고, 길까지 외우고 있어 어려운 임무는 아니었다.

그러나 어떻게 된 일인지 약속된 장소에 단이를 태우러 와야 할 수송선은 오지 않았다. 배를 기다리다 아사 직전에 이른 단이를 병흠이 구한 것이었다.

병흠은 이 꼬마를 까맣게 잊고 살았지만, 아이는 자신을 구해준 '최병흠 소령'을 선명하게 기억하고 있었다. 청진에서의 그 사건을. 상륙 작전의 유일한 목격자나 다름없는 똑똑한 소녀 단이는 쏟아지는 포화 속에서 목숨을 걸고 자신을 구하고 헬기까지 태워 준 그 따뜻한 마음을 평생 새기고 살았다.

야전 병원에서 사경을 헤매면서도 어린 단이는 병흠에게 기뢰 지도를 그려주며 보답하고자 했다. 바로 거기에 언젠가 자신을 알아주기를 바라며 러시아어 알파벳을 재배치해 '블랙 샤크 베이비 제로'라고 써 넣었다. 이것이 단이가 최병흠 소령에게 낸 두 번째 수수께끼였다.

단이는 자신의 영특함을 일찌감치 알아챈 김영휘에 의해 무기 로비스트 레나 장으로 키워졌다. 김영휘는 단이, 레나 장을 이용해 막대한 이득을 챙겼다. 한국전쟁으로 온 가족을 잃고 의지할 곳 없던 단이에게 그가 울타리가 되어 주고 부족함 없이 살 수 있게 해 준 것은 사실이었지만, 모두 자신의 도구로 쓰기 위한 수단일 뿐이었다. 단이 역시 그것을 잘 알고 있었다. 소용이 다하면 폐기되는 기계와 다름없는 삶이었다는 것을. 특히 단이에게 가족도 피붙이도 없다는 사실은 최상의 조건이 되었다. 김영휘는 단이를 전쟁 고아 출신 무기 로비스트로 이미지 메이킹 하며 활동 영역을 점차 넓혀 나갔다. 그런 상황에서도 단이는 최 소령이 자신을 찾아주기를 얼마나 기도했는지 모른다.

그러나 그녀가 김영휘와 최병흠의 관계를 알게 되기까지는 그리 오랜 시간이 필요하지 않았다. 언젠가부터 김영휘의 대척점엔 항상 최병흠이 있기 때문이었다. 해군법 개정에 앞장섰던 것도 최병흠 중령이었으며, 마이클 조이 소장의 무한 신뢰로 그의 동업자로 인정받은 것도 최병흠이었다. 김영휘의 제거 대상 1순위는 병흠이었던 것이다.

단이는 이를 알리고 병흠의 도움을 받고도 싶었으나, 그가 더 위험에 빠지거나 목숨을 잃게 될 수 있다는 사실을 누구보다 잘 알고 있었기에 김영휘의 눈을 피해 돕는 쪽을 택했다. 그것이 자신의 목숨을 구해준 은인을 위해 할 수 있는 유일한 일이라는 사실을 잘 알았다.

단이는 김영휘의 무지막지한 왕국에서 벗어나고 싶었다. 그래서 미모의 로비스트 레나 장으로서 할 수 있는 최대한의 능력을 발휘해 김영휘에게 거액을 받고 함정 입찰 정보를 준 해군 장성들의 명단을 언론에 흘렸다. 이로 인해 내로라하는 장성들이 줄줄이 옷을 벗게 되었고 그녀는 로비스트를 그만 둘 명분이 생기게 되었다. 그러나 김영휘의 아성은 끄덕없었다.

이 사건으로 레나 장은 현업에서 은퇴하게 됐지만 김영휘의 감시는 더욱 심해졌다. 그녀는 한국에 다시 들어올 수 없었고 맨해튼 나라빛사랑교회 안에서만 활동할 수 있었다.

그녀에게 이 공포의 왕국을 벗어날 수 있는 기회가 한 번 더 주어졌다. 조대홍이 그녀에게 손을 내밀었던 것이다. 김영휘의 오른팔이었던 그는 조문도로 신분을 세탁해 국회의원이 되었다. 3선 의원이 되면서 국민적 지지도 얻었다. 조문도의 인지도가 높아지고 대권 후보로까지 거론되자 그는 다른 마음을 먹었고, 비밀리에 그녀에게 사람을 보내 도움을 요청했다. 조문도의 야망을 알게 된 김영휘는 블랙 샤크 출신 여배우와의 스캔들을 만들어 쳐냈다. 철저하게 무너뜨려 버렸다.

그러나 김명휘는 조문도의 아들 조정국 의원의 손에 들어간 비밀 문서의 존재는 알지 못했다. 조정국은 싸움을 준비하던 중 자신의 정체를 알고 찾아온 방송사 후배 김대찬을 만나 의기투합했던 것이다. 대찬은 죽음을 맞았지만, 그녀는 정국의 도움으로 한국에 들어올 수 있었다.

마드리드의 골때리는 그녀들, 완전체

준결승 무대 숏폼 영상은 미조, 미동 자매의 특이한 이력과 함께 날마다 조회수를 갱신하고 있었다. 민경민, 이새봄 두 모녀 매니저의 부탁으로 같은 곡을 부른 스페인 꼬마들의 영상도 함께 링크해 시너지를 냈다. 한마디로 소리 없이 새로운 바람을 일으켰다.

결승전에는 시청자들 요청으로 스페인 악동 삼총사가 함께 자리했다. 아이들의 보호자로 특별히 한국행을 허락받은 최미사 수녀까지 '마드리리드의 골때리는 그녀들'은 완전체를 이루었다. '마골녀'의 오프닝 무대를 장식한 악동들은 이제 자라 청소년이 되어 있었고, 생방송 전 잠깐 맞춰 본 무대는 예상 외로 완벽했다.

　그 시간 민 작가는 새봄 작가와 유튜브 채널을 통해 준비해 둔 최병흠 중령의 청진상륙작전 다큐멘터리 영상과 레나 장이 건넨 자료를 기습적으로 업로드하고 있었다. 김대찬의 목숨과 맞바꾼 것이나 다름없는 김영휘와 나라빛사랑교회 비리 관련 자료들은 거침없이 인터넷을 타고 세계 곳곳으로 퍼져나갔다.

　같은 시각, 신나고 리드미컬한 트롯 곡을 들으며 하염없이 눈물을 흘리고 있는 한 여자가 카메라에 잡혔다. 흥에 겨워 온 몸을 들썩이며 손뼉을 치고 호응하는 수많은 방청객들 사이에서 연신 눈물을 훔쳐내며 앉아 있는 세련된 노파의 얼굴. 가늠되는 나이에 비해 매우 고운 여성이었다.

　레나 장, 그녀는 카메라가 자신을 향해 다가오자 말없이 오래된 흑백 사진 한 장을 그 앞에 들어 보였다. 1950년 9월 야전 병원 병상에서 최병흠 중령과 찍은 사진이었다. 짧은 순간이었지만, 그 사진은 실시간으로 전국에 퍼져 나갔다. 블랙 샤크 베이비 제로, 단이가 최병흠 중령의 품에 안겨 환하게 웃고 있었다.

작가 후기

　　2년 전 여름 어느 날, 최병해 중령과 청진상륙작전은 작가에게 기습적으로 떨어진 특명과 같았다.

　마드리드에서 날아온 전화 한 통이 작품의 시작이었다. 연이어 명동 가톨릭회관 앞에서 만난 세 자매는 선친에 대한 전기문을 써 달라며 그동안 모아온 자료들을 주섬주섬 꺼내들었다. 그러면서 '청진상륙작전과 최병해 중령과 500인의 영웅'에 대한 이야기부터 꺼냈다.

　사제가 되고자 했던 청년 최병해와 그의 가족들의 삶은 차라리 역사적인 사실이라기보다 50부작 시대극 드라마로 펼쳐지기 시작했다. 애초에 한 권으로 담아내기에는 큰 이야기였다.

그러나 작가는 최병해 중령과 500영웅과의 약속이었던 '청진상륙작전'부터 세상에 알려야겠다고 생각했다. 이미 여러 매체를 통해 보도된 바 있었지만, 금세 묻히고 만 '이 사실'을 소설로 되살려 보기로 마음먹었다. 남북이 서로 오갈 수 없게 된 지 70년이 넘은 상황과 여러 현실적인 한계로 인해 다큐멘터리로는 담지 못할 사건이 매우 많았기 때문이다.

소설가 류주현은 역사소설 『통곡』 앞부분에 「무서」(無序)라는 서문을 달아 "정치가 썩으면 혁명이 일어난다. 그래도 썩으면 반란이 일어난다. 그래도 썩으면 외이(外夷)가 침범한다. 그제서야 깨달음은 깨달음이 아니다."라고 말한 바 있다.

최병해 중령과 500인의 지워진 영웅들은 국난기의 조국을 위해 산화한 사람들이다. 이들이 지키고자 한 조국에 다시는 혁명이니 반란이니 외이의 침범이 아니라 진정한 영광의 시대가 올 수 있기를 바란다. 그리하여 '청진상륙작전'이 현대사에 선명한 한 줄로 기록되기를 바란다.

2024년 여름날 작업실에서 김정선

서쪽 나라에서 온 세 자매의 편지

청잣빛 가을하늘 같이 드높고 푸르던 어느날, 사랑하는 아버지와 겨레와 모국 땅을 떠나 유럽 최남단 정열의 나라 스페인으로 오기 전, 아버님의 유언과 같은 두 가지 부탁의 말씀은 그로부터 장장 40여 년간 무겁게 저희를 짓눌렀습니다. 20대였던 젊은이들은 이제 이순의 나이에 이르러 비로소 아버님께 대한 약속을 지켜 드리는 것 같아 마음이 가벼워집니다.

그분은 하느님을 따르기 위해 떠난 막내딸 가르멜 봉쇄 수녀를 보시러 스페인으로, 처음이자 마지막 긴 여행을 하셨습니다. 당신께서는 이미 당시에 자신의 불치병을 아신 듯했습니다. 이제 돌아가면 곧 하느님께로 갈 것이라고 하시더니, 사라고사 빨라르 성모님 대성전을 순례하시고서 촛불을 밝히시고 귀국하신 지 얼마 되지 않아 영복소로 드셨습니다. 아버님의 장례식은 흔히 영웅, 열사의 죽음으로 보기에는 너무도 초라하고 외로우셨습니다.

장례 미사가 거행될 때 주례 사제가 '고인은 제 외삼촌 되십니다. 그야말로 파란만장한 생애라고 말씀드릴 수 있겠습니다.'라고 했는데, 그 강론 그대로 당신께서는 형극의 가시밭길과도 같았던 십자가의 삶을 오직 하느님께 대한 신앙과 가족에 대한 사랑, 그리고 조국에 대한 열정적 사랑으로 견디어 내셨습니다.

20세기 가톨릭 신학의 거장 카를 라너는 이렇게 말했습니다.

"새로운 인간관계를 형성하는 우리의 모든 삶의 활동이 그대로 하느님께 대한 예배가 되는 것이며 신은 이웃이 되고 일은 신께 대한 찬송이 되었다. 연구와 건설은 바로 신을 향하는 인간의 자세다. 신을 향한 자세는 앞을 향한 전진이다."

수도자로서, 또 음악가로서, 그리고 음악학 연구가로서 이 땅 스페인에서 저희들의 활동이 바로 하느님께 대한 찬송이며 나날이 정진하는 삶이 되고자 노력했습니다. 간혹 아버님과의 약속을 지키지 못한 죄책감에 잠을 이룰 수 없는 밤이면, 흰색 기체가 멀리 창공 속으로 한 줄기 연과 같이 사라지는 노을 속에서 늘 사랑하는 그분을 그리며 베갯머리를 적시곤 하였습니다.

처음으로 아버님의 진실을 밝히는 빙산의 일각과 같은 글은 가톨릭계 어느 월간지의 다큐멘터리에서였습니다. 그 후로 거의 10여 년이 흐른 후 교회의 어른께서 '아버님의 일을 그냥 망각 속에 접어둘 수는 없는 일이 아닌가?' 하시며, 그분의 생애를 글로 써 보라고 하셨습니다. 서투른 어투, 현재 우리 한국 사회와는 맞지 않는 표현 등등 그 시작이 김정선 작가님의 줄기찬 작가 정신과 독자들의 관심을 불러일으킬 언어의 마술사 같은 창작 능력을 통해 이제야 세상에 선을 보이게 되었으니, 모든 은인께 진심으로 고개 숙여 감사드립니다. 출판을 흔쾌히 맡아 주신 서교출판사 김정동 대표님께도 사의를 표합니다.

동서의 간극에도 불구하고 모든 어머니들의 마음속에 살아 있는 가족과 자녀들에 대한 사랑! 지금도 외조모님께서 이른 새벽에 정화수를 떠 놓으시고 모두를 위해 축원하시던 그 모습이 애련히 떠오릅니다. 이곳 스페인에서는 촛불을 밝혀 두고 기도하는 어머니들의 모습을 종종 발견합니다.

루쉰은 길이 따로 있는 것이 아니라 사람이 다니면 바로 길이 된다고 했습니다. 맨 처음 길을 헤치며 가는 사람, 앞장서 혼자 헤치며 가는 길! 그 고독하고 더불어 위대한 정진의 길 고비에서 항상 옆에서 지켜보며 저희 자매들은 서로 운명을 나누었습니다. 한 부모님의 소생이었지만, 성격과 역할은 너무나도 달랐습니다. 그러면서도 기막힌 조화를 이룰 수 있었던 것은 언제나 저희보다 앞서서 삶과 신앙의 길을 온몸으로 살아내신 부모님 덕분이었습니다.

하느님만 그 공로를 아시는 거인이신 아버님 형옥 최 병해 변호사님, 영웅적인 그분의 삶 속에서 이루신 선업(善業)과 타고르의 기도와 같이 '생존의 전선에서 스스로의 힘을 찾아' 세 딸의 오늘이 있게 해주신 생명의 은인이신 어머님 박진옥님의 영전에 삼가 옷깃을 여미고 이 책을 바칩니다.

아버님께서 세상을 하직하신 후 또 다른 어버이가 되어 주셨던 김수환 추기경님, 이갑수 주교님, 장익 주교님, 박고안 신부님, 박고영 신부님 두루 천국에서 함께 축하해 주시리라 믿습니다.

또한 이복 동기 화자 언니, 영숙 언니, 현숙 언니도 기억합니다. 이 책이 활자화 되도록 힘이 되어 주고 든든한 버팀목이 되어 주신 교회의 어른들과 신 요안 신부님, 한 성환 장로님과 유 승희 권사님 내외분께도 감사드립니다.

묵묵히 삶의 역경을 견디어 내시고, 지금 영원한 안식을 취하고 계실 부모님, 국립대전현충원 산중턱에 늦은 뻐꾹새의 소리가 아련히 들려오는 듯합니다. 저희의 오늘이 있게 해주신 두 분께서 고난을 신앙과 가족에 대한 사랑으로 인내하시고, 진정한 그리스도인의 삶을 손수 보여주셨음에 저희는 언제나 부모님을 추억하고 끝없이 감사드리게 되는 것입니다. 이 책을 읽어주실 독자분들과 훗날 지면을 통해 만나게 될 미래의 독자들께도 하느님의 축복을 두 손 모아 빕니다.

> "인생은 '잠시 동안'이요, 짧은 기다림의 순간이다. 하지만 인생은 공허한 기다림이 아니다. 기대를 안고 기다리는 것이다. 이 기다림은 신명 나는 기다림이 된다. 우리는 이미 약속이 실현되고 있음을 안다.
>
> 모든 역사는 우리가 온갖 참회와 혼돈 속에서 일어나 자신 안에 살아 숨 쉬는 희망을 드러내 보일 때 그렇다고 이야기한다."

(헨리 나우웬의 《마지막 일기》 중에서)

2024년 예수성심성월에 세 자매 드림

청진상륙작전 - 마드리드의 **골**때리는 **그**녀들

초판 1쇄 인쇄 | 2024년 7월 20일
초판 1쇄 발행 | 2024년 7월 30일

지은이 | 김정선
펴낸이 | 김정동
펴낸 곳 | 서교출판사
주소 | 서울시 마포구 성지길(합정동) 25-20 덕준빌딩 2F
등록번호 | 제 10-1534호
등록일 | 1991년 9월 12일

전화 | 02 3142 1471(대)
팩스 | 02 6499 1471

홈페이지 | http://seokyobook.com
인스타그램 | @seokyobooks
페이스북 | @seokyobooks
이메일 | seokyobook@gmail.com
ISBN | 979-11-94212-00-3 03810

•잘못된 책은 구입처에서 교환해 드립니다.